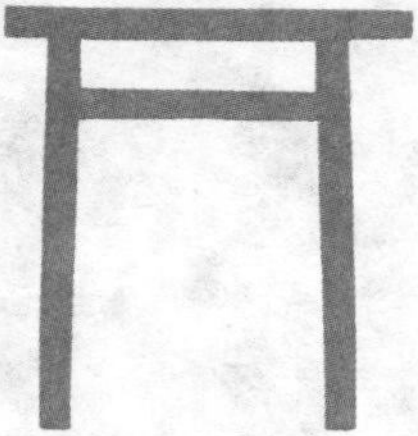

神さまのいうとおり

谷瑞恵

Mizue Tani

幻冬舎

神さまのいうとおり

装画　西淑
装丁　田中久子

神さまのいうとおり

目次

第一話

橋の下の幼なじみ

熱を出すと、いつも客間に寝かされた。友梨《ゆうり》が小さかったころ、母の実家でもある田舎の家は、三世代は同居できる昔ながらの造りだったため、ふだん寝起きしている二階では目が行き届かないと、床の間のある客間に小さな布団がぽつんと敷かれたのだった。床柱《とこばしら》や天井板の木目が不気味な顔のようで、友梨にとってはうなされそうな部屋だったが、実際に熱に浮かされているときは、その木目が福笑いみたいに愛嬌があるようにも見えた。

「おまえはね、本当はうちの子じゃないんだよ。橋の下で泣いてたから拾ってきたんだ」

濡れた手ぬぐいを友梨の額に押しつけながら、ひいおばあちゃんは唐突にそんなことを言った。熱でぼんやりしていた友梨にとって、その言葉は呪文のようで、意味をとらえる間もなく耳を通り抜けていった。

それでも、拾われた子だなんて言われ、胸に引っかかっていたのだろう。熱が下がったあと友梨は、ひいおばあちゃんが居間に飾っている、孫やひ孫の写真をひとつひとつ確かめ、赤ちゃんの自分を抱く両親の写真を見つけてほっとした。念のため、お母さんにも訊《き》いてみた。

「何バカなこと言ってんの。ひいおばあちゃんでしょ。もう、そんなこと言って友梨をからかうんだから」

でも、友梨を叱るとき、ときどきお母さんは言う。

「そんな子はうちの子じゃありません！　橋の下に捨ててくるよ！」

　一方で、お父さんは言う。

「友梨のお産は大変だったんだよ」

　つわりがひどくて、終始お母さんの機嫌が悪く、お父さんは女王様の侍従《じじゅう》のつもりで接したとか、逆子《さかご》になりかけたとか、ことあるごとに話題に上った。やっぱり捨て子だなんてあり得ないという結論に達したが、だったらどうしてひいおばあちゃんは、そんなことを言ったのだろう。

　お母さんの実家には、当時からひいおばあちゃんがひとりで暮らしていた。小学校に上がる前の年、お父さんが入院したために、お母さんは仕事と幼い弟の世話だけで手一杯になり、友梨はしばらくのあいだ、ひいおばあちゃんの家にあずけられた。

　ひいおばあちゃんは、昔からどこもかしこもシワシワだった。平たい手のひらだけがやけにつるつるで、ずんぐりした太い指には小さい爪が張り付いていて、足の指みたいだと友梨は思っていた。その手をいつも、せわしなく動かしていた。大量のサヤエンドウの筋を取り、取れたボタンを縫い付け、銀杏や栗や里芋の皮をむき、かぎ針で鍋つかみを編み、丁寧にミカンの白い筋を取り、友梨の口に押し込んだりした。

　カサカサしているように見えて、意外と柔らかい手だった。

　友梨は六歳だった。ひいおばあちゃんはたいてい家にいて、忙しい両親とは違い、いつも好きなだけ甘えさせてくれた。捨てられていただなんて言われても、やっぱり友梨はひいおばあちゃんが大好きだった。

ひいおばあちゃんは、たぶん子供をからかいたくなる性分なのだ。納屋にはおばけがいると言ってみたり、巨大なアシダカグモを中村さんと呼んだり、そういうところがあったから、友梨はだんだん気にしないようになり、やがて忘れた。

そのことを思い出したのは、十年ぶりだ。友梨の一家が、ひいおばあちゃんの家で暮らすことになったからだ。

お父さんが仕事を辞めたのが三年前、お母さんも働いていたため、お父さんは専業主夫になり、そうして今度は農業をやりたいと言い出して、ひいおばあちゃんの家に引っ越すことになったのだ。

高校に入ったその年、夏休みに引っ越しを終えて、九月から友梨は一時間半かけて、都市部にある学校へ通わねばならなくなった。

自転車で駅まで二十分、途中に橋がある。石造りの橋脚《きょうきゃく》がアーチ形になっている古い橋だが、久しぶりに通りかかったとき、友梨は思い出した。十年前にも、この橋へ来たことがある。あのときは、自分が捨てられていたという場所だろうかと見に来たのだ。

本当のお父さんやお母さんが、どこかにいるのならどうする？　そう言ったのは、いっしょにいた男の子だった。その子も、橋の下で拾った子だと親に言われたことを、友梨に打ち明けた。

橋もその周囲も、十年前と変わらないように見える。堤防の上から眺める向こう岸は、こちらより建物が少なく、金色に穂が実った稲田に囲まれて、こんもりとした山がある。その中腹に、赤い鳥居がちらりと見えていた。

「友梨ちゃん？　何してんの？」

ぼんやり突っ立っていると、自転車がこちらへ近づいてきて、すぐそばで止まった。地元の高校に通う佐南桃枝《さなみももえ》だ。友梨と同い年で、家も近い。引っ越してきてすぐ、彼女のほうから訪ねてきてくれた。小さいときに何度か遊んだことがあって、お互いにおぼえていたから、すぐに打ち解けることができた。

「うん？　このへん、変わらないなと思って」

「ちょっとは変わったよ。ほら、あそこ、ショッピングモールができた」

川下のほうを見ると、屋上に青い看板のある大きめの建物があった。この町では老若男女が集まる人気のスポットになっているという。

「桃ちゃん、よく行くの？」

「中学のころはね。今は、休みの日なら大町《おおまち》まで行くけど。友梨ちゃんの高校はもっと都会でしょ？　おしゃれな店とか、いつでも行けていいなあ。それに制服、かわいいよね。あたしもセーラー服よりブレザー着たいな」

お母さんが通ってたときと同じ制服だなんて最悪、と桃枝は愚痴を言う。でも、いつも彼女は楽しそうだ。日に焼けた顔も、太い眉も、きつく結んだ三つ編みも、はち切れそうなエネルギーを秘めている。友梨の通う高校にはいないタイプだ。

痩せていて色白で、長い髪のせいもあって、幽霊みたいと言われたことのある友梨は、ちょっと気圧《けお》される。幽霊みたいなのは、存在感も薄いからかもしれない。いつからか友梨は、同級生と少し距離を保つようになっていた。

たぶん、お父さんが家にいて、主夫をするようになってからだ。平日に、商店街やスーパーでばったり会ったり、エプロン姿で友達の前に現れたりするから、友梨はあとでからかわれたりもした。無職らしいよ、と陰で言われ、かっこ悪いと感じた。だから高校では、父親のことには触れないようにしていたが、今は、通学に時間がかかることもあって、学校帰りに面倒なつきあいをしなくてすみ、ほっとしている。

お父さんが無職も同然なのは今も同じだが、それを知っている桃枝にしろ、ほかの誰かにしろ、同じ学校ではないから、陰口が聞こえてこないぶんましだ。

「そういえば、友梨ちゃんのお父さん、農業に興味があったんだね。そろそろ稲刈りの時期だし、うちのお父さん、手伝いに来てくれてすっごく喜んでる」

陰口ではなく、桃枝はあっけらかんと、友梨のお父さんの話に触れる。

「収穫終わったら、おはぎやおいなりさんをいっぱいつくって、親戚にも配るんだ。友梨ちゃんもおいでよ。おはぎ、いっしょにつくらない？　それで、できたてを食べるの。そうだ、昔いっしょに遊んだ美乃《みの》ちゃんやイワくんとか呼んでさ」

そうしてちょっと、距離が近い。これが桃枝独特のものなのか、土地柄なのか、友梨にはまだわからない。

「おぼえてる？　あのときよく遊んだみんなのこと」

「なんとなくおぼえてる。会えばわかるかな」

幼い友梨が、ひいおばあちゃんの家にあずけられていたのは、夏から秋にかけての数か月間だった。短い間でも、近所の子供たちは素朴で屈託がなく、友梨は自然に溶け込めた。たぶん、美乃とイワは同い年で、年上の子も年下の子もいたように思う。田畑のあぜ道を駆け回り、お稲荷さんの境内でかくれんぼやボール遊びをし、叱られたりもしたが、就学前の子供たちだけで自由に過ごせたなんて不思議なくらいだ。それだけに印象に残っているが、もうひとつ、透明な結晶に閉じ込められたかのように、友梨の中で息をひそめている記憶がある。

「ねえ、あのころ、いっしょに遊んでた子がいなくなったことなかった？」

日が暮れたあと、大人たちがライトを手にあちこち歩き回っているのを見たような気がするのだ。薄暗い空の下で、地上にいくつもの光が漂うのを、魂が漂っているみたいだと友梨は思った。

「そんなことあった？」

「うん、たぶん」

「いなくなった子は見つかったの？」

「それが、おぼえてないんだ」

その子は、もう家には帰らないと言っていた。

友梨と同じように、〝橋の下に捨てられていた〟と親に言われたことがある、そう語った少年だった。

その日友梨は、彼といっしょに、本当の両親をさがそうとした。たぶん、半分遊びのようなつもりで。でももしかしたら、真実が隠されているのかもしれないなんて、冒険心をくすぐられながら。

そうしてその子は、本当の両親を見つけ、いっしょに行ってしまったのだ。友梨はぼんやりとそんなふうに考えているが、それが事実の記憶なのか、自分が想像したことなのかはっきりしない。小学校へ通うようになってからは、ひいおばあちゃんの家へ行くのはお正月くらいになってしまったから、桃枝たちと遊ぶこともなくなったし、その子の消息を耳にする機会もなかった。

「ねえ桃ちゃん、本当に捨て子だったら、そのこと子供には言わないと思わない？　ほら、ドラマなんかじゃ、実の子じゃないってこと、必死で隠してるでしょ？」

「何の話？」

「橋の下で拾ってきた子だって、小さいころにわたし、ひいおばあちゃんに言われたんだよね。桃ちゃんは言われなかった？」

「ああそれ、年寄りがよく言うよね。お父さんもおばあちゃんに言われたことあるって、あたしにもふざけて言ってたよ。でもうちのお母さんは、そんなの冗談でも子供に言うなんてどうかしてるって怒ってたけど」

「叱るために言うのはわからなくもないけど、そうじゃないときにも言われたりするの」

「そんなのうそだ、って子供が必死に否定するのが、かわいいんだって。お父さんの意見だけど」

もしかしたら親は、子供の愛情を試しているのだろうか。この家の子だと、子供が抵抗を示すとき、親は受け入れられていると感じるのだろうか。

「あ、でも、近所のおばあちゃんに、おまじないみたいなものだってのも聞いたことある」

「おまじない？　何の？」

「さあ」

よくわからないと、桃枝は首をかしげた。捨て子だと告げることに、おまじないとしての意味があるのかどうか、まったくわからない。何を願うために、そんなことを言う必要があるのだろう。もしそのおまじないが効いたなら、子供はよその子になってしまうのではないか。なんて、そうなってしまったのかもしれない子のことを友梨は考えている。

「たぶん、エイトくん、って名前だった。いなくなった子……」

風が堤防を吹き抜けていく。友梨はあのときの少年の顔を思い浮かべようとする。目がぱっちりしていて、ふわふわと柔らかそうなくせ毛で、お人形みたいだったと記憶している。

「エイトくん？　和島瑛人《わじまえいと》？　その子なら、いるよ。隣町の高校に通ってる」

友梨は心底驚いて、桃枝に向き直っていた。

「えっ、本当？」

「そういや、友梨ちゃんと遊んでたときにもいたかなあ」

エイトくん、そう呼んでいたと思ったのに、別の子と記憶違いをしていたのだろうか。だったら、いなくなったのは誰なのだろう。それとも、エイトくんは結局何事もなく家へ戻り、いなくなったと思い込んでいたのは友梨だけなのだろうか。

桃枝によると、ほかにそんな名前の子はいないということだった。

自分の記憶に自信がなくなると、急にすべてが幻だったかのようにゆらぐ。捨て子だといううそ、本物の両親をさがすという遊び、何が本当なのだろう。橋のほうに目をやる。橋脚の下方は、土手の草に覆われている。友梨はそこで、エイトくんと人形を拾った。

あれも、本当にあったことだったのだろうか。

＊

和島瑛人という名前さえわかれば、家を知るのは簡単だった。一番近いスーパー、といっても何でも売っている個人商店といった規模だが、その近くだと、ひいおばあちゃんに教えてもらった友梨は、こっそりとでも彼の姿を見てみようと思い立ち、日曜日にスーパーの前までやって来た。駐車場の入り口から始まる上り坂の先に、白い壁の蔵がチラリと見える。近づいていくと、蔵と同じ色をした塀が、坂に沿って続いているのがわかる。

和島家は、古くからここで酒造業をしているらしい。瑛人の一家は、都会で働いていた父親が酒造業を継ぐことになり、十年前に戻ってきたという。

白い塀に沿う坂道を、自転車が下ってくる。友梨と同じ年齢くらいの男の子が乗っている。すれ違う間際、はっとしたようにこちらを見た彼は、急ブレーキをかけて自転車を止めた。

立ち止まった友梨もはっとした。くっきりした大きな目は、長く垂らした前髪に半分隠れているが、それでもお人形みたいな印象は変わっていない。Ｔシャツにジーンズというふつうの格好が意外に映る。小さいころの瑛人は、カラフルでかわいいデザインの、女の子みたいな服を着ていたと友梨は思い出しながら、気がつけば口を開いていた。

「エイトくん？」

彼はゆるりと頷《うなず》く。

「昨日、佐南に聞いたとこだった。友梨ちゃんが引っ越してきたって」

友梨ちゃん、とあのときも呼ばれていたのだが、今また同じように呼ばれると、なんだか変な感じだ。たぶん瑛人の声が、小さかったあのころとは違うからだ。

「わたしのこと、おぼえてる?」

「うん。いっしょに、人形屋敷へ行っただろう?　本当の親をさがしてるとき」

声は違うけれど、昔と同じように落ち着いた口調だ。だからか、友梨は急に思い出す。そうだ、人形屋敷というのがあった。小さな家の、前にも庭にも人形がたくさん置いてあった。

「人形屋敷って……、堤防のそばだった?」

たしか、そこにあった一軒家を、子供たちは勝手にそう呼んでいた。ちょっと不気味で、近寄るのは怖かったようなおぼえがある。住人の、オババと呼ばれていた人を、友梨は実際には見たことがないが、長い白髪を振り乱した恐ろしい形相の老婆として、昔も今も思い浮かんだ。

「そうだよ。橋の下で、人形を拾って。それで僕たち、人形屋敷へ行ったんだ」

それから、どうなったのだったか。友梨がうっすらおぼえているのは、川原に駐《と》まっていたキャンピングカーだ。それに乗っていた夫婦は、たしか、子供をさがしに来ていたのだった。

いっしょにいた友達は、その夫婦に連れ去られて……。というのは友梨の思い違いだったのか。

「ずっと、友梨ちゃんがいなくなったと思ってたよ。あれから遊びに来なくなったし、本当の親と行ってしまったんだって。そのこと、誰にも言っちゃいけないような気がして黙ってたから、友梨ちゃんが来てるって聞いてびっくりした」

瑛人は、友梨が連れ去られたと思っていたのだ。

あれから遊びに行けなかったのは、友梨が自宅のある都市部へ帰ったからだ。けれど友梨は、ずっと彼とは異なることを記憶していた。

「わたしは、瑛人くんがいなくなったと思ってたんだけど……。近所の人たちが、総出で誰かをさがしてたのを見たような気がするし、瑛人くんをさがしてたんだって思い込んでた」

「それ、僕も見た！」

瑛人は、長いまつげをしばたたかせて友梨の顔に見入った。

「うちの親とか、夢でも見たんじゃないかって言うんだ。そんな騒動はなかったって」

「何人も、あぜ道を歩いてたよね」

「うん、薄暗い中、明かりを手にしてさ、誰か呼ぶような声をかけながら」

「そうそう、すごく不思議な光景で、でもわたし、あれを見て早く戻らなきゃって」

「いっしょに見てたのかな。ひとりで戻ったような気がしてたのに。でも、すごくきれいだった」

惹《ひ》きつけられると同時に、せき立てられるような気がした。暗い川にかかる橋の向こうで、無数の光がうごめき、呼んでいる。あの先に家がある、と友梨は駆け出したような気がする。橋さえ渡りきればと必死で、けれど誰かを置いてきてしまったような寂しさも感じながら走ったのだった。

「夢じゃなかったんだね」

「そっか、夢じゃなかったんだ」

ぼんやりとしか浮かばなかった情景が、不意に鮮明になったのは、瑛人の中に同じ記憶があると知ったからだ。あのときの、不安やあせり、どこか現実ではないような高揚感を、瑛人と共有していたことを、お互いの会話から感じ取る。それだけで十年の隔たりが消えて、瑛人とはずっと親しくしていた幼なじみみたいに思えた。

「でも、本当に誰もいなくなったりしてないのかな」

「もうひとり、いっしょにいたのかもしれない」

瑛人が言う。そうだっただろうか。そう言われれば、いたような気がしてくる。絵の具のにじみが広がるように、記憶の中にもうひとりの影がゆれる。

「わたしたちより小さかった？　男の子だっけ？」

「思い出せないけど、友梨ちゃんだと思ってたなら、女の子だったかも」

でも、友梨は男の子だった気がしているから、瑛人だと思ったのだ。

「それにほら、子供をさがしてる人がいただろう？　その人たちが、子供を見つけて連れていったと思ってたんだ」

友梨もそう思っていた。

「その子は、その人たちの子だったってこと？」

瑛人は首をかしげ、言うべきか迷ったようだったが、結局口を開いた。

「あの人たちは、人さらいだったたんじゃないかって、思ったことない？」

瑛人が言うように、友梨も考えたことがあった。

あの人たち。川原に駐まっていたキャンピングカーに、夫婦がいた。女の人が、橋の下に捨てた子供をさがしていると言って、友梨たちに声をかけてきたのではなかったか。

「じゃあ、連れ去られた子はどうなったんだろ。このあたりで事件にはなってないのよね？」

瑛人は遠くを見るように目を細める。

「あの子は、本当にいたのかな」

友梨もよくわからない。現実と非現実と、自分たちの周囲には二つの世界があって、そこを行き来したかのような、奇妙な感覚がある。だからいまだに、心に引っかかっている。

子供がひとりいなくなった、もしかしたらそれが自分だったかもしれない不安が足元にあって、今も地に足がつかないような、居場所が定まらないような気がすることがある。それは、誘拐という言葉に感じる恐ろしさとは違う、人の力なんて届かない場所へ踏み込んで、この世から消えてしまうような感覚だ。

本当に誰かが消えてしまったのか、できるなら事実を確かめたい。そう思うのは、瑛人も同じだろう。

「人形屋敷、まだあるの？」

「行ってみる？」

瑛人は自然な動作で、自転車の後ろに目をやった。

ひょろりと細い瑛人の後ろに乗るのは一瞬ためらわれたけれど、友梨が荷台に腰かけると、彼は軽々とこぎ出す。ゆるい下り坂だったからかもしれないが、スピードが乗れば平地でも難なく自転車は進んだ。

空は高く、うろこ雲が広がっているが、晴天の日差しは夏の名残をはらんでいる。遠くから、稲穂を波立たせて近づいてくる風が、やがて自分に届くのを感じながら、友梨たちは同じ風を受け止めている。十年ぶりなのに、こんなに近くにいて、違和感がないのが不思議だ。

小さいころは、会ってすぐに打ち解けることができた。瑛人にしろ桃枝にしろ、歳が近いというだけで、ずっと前から友達だったかのように思えたものだ。今も、そんなふうに接することができるのが、友梨にはうれしかった。

「ねえ、どうしてみんな、〝橋の下〟で拾ったって言うんだろ。畑の中でも何でもいいと思わない？」

瑛人の背中に問いかける。

「そうだなあ、橋の下なら、雨が降っても濡れないから？」

「だったら、軒下とかでもいいのにね」

「風習やおまじないみたいなものだとしたら、橋の下って言うのが決まりなんじゃない？　だってほら、〝ひらけごま〟は〝ごま〟って決まってるわけだし」

そういうものなのだろうか。

理髪店の角を曲がると、石の橋が見えてくる。古そうだが、味わいのあるアーチを持つ橋だ。そのまま瑛人は橋を渡っていく。川の水は少ないが、これがふつうなのだ。小石が転がる川原は狭く、土手から堤防まで背の高い草に覆われている。人が踏み分けたような細い道が所々にあるけれど、どんな人が川原へ行き来するのか友梨は知らない。ただ、橋の下へ続く石段とその周囲は、草が刈られてすっきりしていた。

たぶん、十年前とそう変わらないだろう。友梨はあのとき、堤防の階段をおりて瑛人と橋の下へ行き、人形を拾った。抱き人形、というのだろうか、布製の、髪の毛は縮れた毛糸でできた、手作りふうの人形だった。汚れている様子もなく、橋脚の下の石組みに座るように置かれていたのが思い出される。

頭に浮かぶのは、短いおかっぱふうの黒い髪、顔は白く、目は大きなボタン、頰にはピンクのまるい布が縫い付けられて、愛嬌のある顔立ちだったことだ。服装は、青いサロペットだったと思う。

橋の下に、赤ちゃんではなく人形が捨ててあったのだ。それを、人形屋敷へ届けようと言ったのは瑛人だったのだろうか。友梨は人形屋敷の存在をそのときまで知らなかったのだから、きっとそうだろう。

あのときと同じように、今も、自転車はそこへ向かっている。

川原を眺めている間に、橋を渡りきってしまう。そこからは堤防上の道を川に沿って進む。やがて瑛人が自転車を止めると、視線の先には、生い茂る草に囲まれて一軒家が立っていた。

「近くまで行ってみる?」

そこに自転車を残し、瑛人は土手を下りていく。友梨も後に続く。草の間を縫うように家まで道が続いているのは、住人がいるからに違いない。日陰で猫が二匹昼寝をしているのを横目に、家の前まで進んでいくと、玄関だろう引き戸のあるその周囲に、おびただしい数の人形たちが置かれているのが見えた。

高校生になった今でも、異様な雰囲気に背筋が粟立《あわだ》つ。日なたにあって、周囲はどこまでも明るいのに、色あせたり壊れかけたりしている人形たちの、陶器やプラスチックや布や、いろんな素材でできた瞳に、一斉に見られたかのようで身が縮む。

「留守みたいだね。オババがいたら、そこのガラス戸が開いてるから」

玄関から建物の角を覗き込んだ瑛人が言う。友梨が回り込むと、ガラス戸が二枚、ぴったりと閉じていた。

「瑛人くん、ここへはよく来るの？」

「ううん、近くまで来たのも久しぶり。お母さんが、ときどきオババにお酒を届けに来てるんだ」

「オババ、お酒飲むんだ」

友梨の妄想の中で、鬼婆が巨大な杯を手にしている日本昔話みたいな絵が浮かんだ。

閉じたガラス戸の上には、色あせて傾いた看板のようなものがある。くすり、と読めそうな文字がうっすらと見える。

「ここ、薬屋さんだった？」

「みたいだね」

それがどうして、人形だらけの不気味な屋敷になったのだろう。敷石の両側にも、庇《ひさし》の上にも人形がある。ガラス戸の内側からも、多数の目がこちらをうかがっている。

「オババが拾ってきてるらしいよ。人形」

「みんな、橋の下から？」

「川原とか、いろんなところから。あれなんか、カカシだよ」

どうしてそんなことをするのだろう。

「わたしたちが拾った人形も、まだあるのかな」

「どうかなあ。あ、ぬいぐるみまである」

瑛人はガラス戸に顔を近づけて覗き込んだ。そうしながら、ふと思いついたように言う。

「なあ、もうひとりの子とはどこで会ったかおぼえてる？」

そういえば、いつからいっしょにいたのだろう。

「もしかしたら、ここで会ったのかも」

「どうしてそう思うの？」

瑛人は少し首をかしげる。

「オババが拾った子だったのかなって。ほら、人形を拾うんだから、子供も拾うんじゃない？」

橋の下から、川原から。そんなバカなと思いながらも、友梨には瑛人の言葉を否定する根拠が見つからない。

「僕らは、本当の両親をさがしてた。だったら、その子もそうだったんだ。友梨ちゃんと重なったのも、同じ目的で行動してたからだと思うんだ」

「それでいっしょに、川原へ行ったんだったっけ？」

口にすれば、それが正しい記憶になっていく。瑛人の記憶も混ざり合うと、もう、本当の出来事か空想なのか、区別がつかない。

ただ、あのとき川原にキャンピングカーが駐まっていたことは、間違いなく本当だ。夫婦におやつをもらって食べた、そのことを友梨は、はっきりおぼえている。知らない人に物をもらってはいけないとの言いつけを破ったことが記憶に残り、いなくなった友達と結びついて、キャンピングカーには怖いようなイメージがまとわりついている。だから友梨は、あれから二度と、知らない人にお菓子をもらうことはなくなった。

急に風が吹く。草むらを鳴らす音に気を取られたとき、友梨は視線を感じたような気がして振り返る。植え込みの向こうで、風ではない何かが動く。

麦わら帽子だ。枝葉の隙間で赤いリボンが揺れたかと思うと、瞬きの間に木の陰に隠れたのか見えなくなる。

驚いて、身動きできなかった友梨の隣で、瑛人も同じ方向を凝視していた。

「……瑛人くん、誰かいたよね？」

「風だよ、きっと」

あきらかに、そうは思っていない。

「でも、麦わら帽子が」

伸びた草に隠れるくらいの、低い位置にチラリと帽子が見えたのは、子供が身をかがめていたかのようにも思える。

「あの子、麦わら帽子をかぶってなかったっけ……」

瑛人も同じことを思ったに違いない。

「いや、ありふれた帽子だし。どこかの子供がバッタでも追いかけてたんだよ」

そう言いながらも、瑛人は不安そうな顔をする。あの子のも、赤いリボンのついた帽子だったような気がする。けれどそれも、ありふれていると言えばそうだ。

「行こう」

友梨も、早くここから離れないといけないような気がした。日光がまぶしすぎて、茂る草木といくつもの人形が、この場所を独特の気配で満たしているのに、何の音もしない。ここは友梨たちがいてもいい世界なのだろうか。別の領域に迷い込んで、元の世界に戻れなくなりそうな、そんな落ち着かない気持ちになって、友梨は瑛人と駆け出す。

あのときも、こんな焦燥感に追い立てられて、瑛人と走ったような気がする。

自転車を止めた堤防の上へ駆け上がったとき、たった今まで凪《な》いでいた風がさっと吹き抜けると、馴染んだ場所へ戻ったという安心感に包まれた。犬の吠え声が聞こえ、散歩中の人影が見える。ついさっきの不安な気持ちも、思い過ごしだったとわかる。麦わら帽子の子供がいた、それだけだ。

瑛人と顔を見合わせると、不可思議な秘密を共有したかのような、そんな感覚だけはまだ、無言で交わした視線に残っていた。

＊

「乙辺《おとべ》さんは、友《ゆう》ちゃんのおじいちゃんを拾ってくれた人だよ」

ひいおばあちゃんが言う。縁側で、ゆっくりした手つきで洗濯物をたたんでいるひいおばあちゃんに、友梨が人形屋敷のことを訊いたところ、それが返事だった。

「人形屋敷のオババは、乙辺って名前なの？　おじいちゃんを拾ったって、どういうこと？」

「オババって、子供らが言うのは、乙辺さんちのハッちゃんだろう？　友ちゃんのおじいちゃんを拾ったのは、ハッちゃんのお母さん。橋の下で拾って、あたしが乙辺さんから引き取ったんだよ」

友梨は混乱する。オババの歳は知らないが、そのお母さんなら、ひいおばあちゃんより年上なのだろうか。その人が、友梨のおじいちゃん、つまりはひいおばあちゃんの息子を拾ったというのだ。

「ちょっと待って、おじいちゃんは、ひいおばあちゃんが産んだ子でしょ？」

ひいおばあちゃんは、正座でこぢんまりと折りたたまれた膝に洗濯物を置いて、少し顔を上げながら友梨を見た。

「昔はね、厄落としのために子供を捨てたんだ。赤ちゃんを、いったん橋の下に置いて、そしたら拾い役がすぐに拾って、うちの子にしようって言うんだ。そこで赤ちゃんの本当の親が、かわいい子だからうちにくださいって、自分の赤ちゃんを受け取って連れ帰るわけさ」

「えー、何それ、それで厄落としになるの？」

「一度捨てられた子は、丈夫に育つって、言い伝えられてるんだ。捨てるってことで、人の家のものじゃないって見せつけて、神さまに返すような意味になるのか、悪いものが寄りつけなくなるんだとか」

友梨には想像もしていない言葉だった。

「子供は、神さまのもの？」

「そりゃあ、どこかから、人の世へやってくるわけだからね」

どこかからって、どこだろう。目がくらむような光と、それに包まれた人形たちが、微笑んでいるような情景が一瞬浮かんだ。

「戦後はそんな風習も急に廃《すた》れたねえ。友梨のおじいちゃんくらいが、その風習を知ってる最後の世代かもしれないね」

「オババ……、えっと、ハッちゃん？　も拾い役ってやってたの？」

「やったことはあると思うよ。乙辺さんのところは、よく拾い役を頼まれてたからね。今でもたまに、子供の成長を願って、橋の下に人形を捨てる人がいるらしいんだ。そうしたらハッちゃんは、拾ってあげなきゃと思うんだろうね」

思えば、ひいおばあちゃんは信心深い。ほとんど毎日のように、お稲荷さんを拝みに行くし、道すがらお地蔵さんのそばを通りかかればそこでも拝む。家の中の神棚にも、仏壇にも、気づけば手を合わせている。昔の人はそんなもんだと友梨のお母さんは言う。そんなだから、子供を捨てて厄を落とすという風習を信じているところがあるのだろう。

「ひいおばあちゃん、わたしが熱を出して寝込んだとき、橋の下で拾ってきた子だって言ったでしょう？　もしかして、元気になるようにおまじないのつもりだった？」

「言ったかなあ。無意識につぶやいたんかね。そう言うだけでも、これは神さまのものかもしれんって、悪いものが去ってくれそうじゃないか」

「どうして橋の下？」

「さあ、どうしてだろ。わからんけど、きっと意味があったんだよ。意味が忘れられても、言葉だけは残ってることもあるんじゃないかねえ」

風習は廃れても、言葉だけは残っている。だから、叱るときも、冗談のつもりでも、橋の下で拾ったと無意識に言ってしまうのかもしれない。もともとは厄除《やくよ》けの意味があったから、その言葉には、ただのからかいや戒《いまし》めのためであっても、かすかな願いがこもっている。

大切な我が子に、悪いものが近づかないように。


友梨は堤防の上から、対岸の小高い山に見える赤い鳥居を眺める。こんもりした森に包まれて、赤い色だけがくっきりと目立つ。あそこから、何かがこの町をじっと見下ろしているような、そんな気がしてくる。橋の下は、神さまにとって目印なのだろうか。だから、橋の下に捨てられた子を、守ってくれるのかもしれない。

大きなイチョウの木の下で、友梨は瑛人を待っているところだ。ひいおばあちゃんに聞いたことを話そうと思い、携帯に電話したら、なんだかぼんやりした声で、図書館にいると言っていた。読書にふけっていたのか、彼らしい気がした。学校に上がる前から、瑛人はほかの子たちより本が好きだった。

思えばそのぶん、おしゃべりなほうではなかったなと思い出す。数人の子供たちで遊んだあのころも、一番のおしゃべりは桃枝で、ほかの友達が加われば、さらに賑《にぎ》やかになっていた。いっしょにいると、友梨もいつになくおしゃべりになった。

そんな中、瑛人は、遊びに賛成なら加わるし、気が乗らなければ帰ってしまうという、あのころから我が道を行く性格だったけれど、黙っていても不思議と存在感があった。

友梨が瑛人とふたりで、本当の親をさがすゲームを始めたのは、たまたま桃枝たちがいつもの遊び場に現れなかったときだった。

ちょうどその日、熱が下がったところだった友梨は、遊びに行きたくてうずうずしていた。勢い込んでいつもの公園へ駆けつけると、瑛人がひとりでブランコに乗っていたのだ。

「カゼ、なおったの?」

瑛人はブランコを揺らしながら言った。

「うん。でもうつすといけないから、遊びに行っちゃダメだって」

「きてるじゃん」

もう元気なのに。友梨はだだをこね、すぐに帰ると言ってなんとか家を出てきたのだ。

「はなれてたらいいよね?」

「ぼくはもうカゼひいたから平気だよ」

一度ひけば、当分はうつらないと瑛人は思っていたようだった。

それからしばらく、黙ったままふたりでブランコをこいだ。

「ぼく、捨て子だったんだって」

瑛人が、ぽつりと言った。

「橋の下で拾ったって」

まるで他人《ひと》ごとみたいに淡々としていて、何を考えているのかわかりにくい。それでもたぶん、ショックを受けていたのではないだろうか。

「わたしも、言われたよ」

「本当？　友梨ちゃんも捨て子なの？」

そう言った彼が、初めて素直な感情を見せたようで、友梨は急に自分たちが近づいたみたいに感じたのだ。

「それ、うそだと思うよ」

得意になって、友梨は断言した。自分たちは同じことを家族に言われ、同じように混乱したけれど、友梨はうそだと知っている。瑛人を安心させてやれると思うと、ドキドキした。ブランコを大きくこいだら、空へ飛び出しそうになって、友梨はチェーンをぐっとつかんだ。

「じゃあなんで、お母さんはそんなうそつくの？」

「うーん、わかんない」

「だったら、ぼくたちもうそをつこうよ」

思いがけないことを瑛人は言う。近づいたかと思うと、彼はやっぱり友梨と別のところにいる。

「どんなうそ？」

「今のお父さんとお母さんは、本当のお父さんとお母さんじゃないんだ。ぼくらは捨てられてたんだから、どこかに本物がいる、ってのはどう?」

ちょっとおもしろそうな気がした。

「ぼくたち、いっしょに捨てられたのかもね」

瑛人は自分の考えが気に入ったのか、すっかりその気になっていて、身を乗り出す。

「うん、きっとそうだ」

「いっしょに橋の下に? わたしたちふたごなの? にてないよ」

「にてないふたごもいるんじゃない? とにかく、きょうだいなんだ。それで、本当のお父さんとお母さんをさがしにいくんだよ」

本当の。その言葉に友梨はうっとりと惹きつけられた。どんな人だろう。お母さんは口うるさくなくて、きっときれいでやさしくて、お父さんは強くて働き者で。

「だけど、子供をふたりも捨てるなんて、悪い人なんじゃない?」

「ちがうよ。悪い人がぼくたちをさらって、捨てたんだ」

「じゃあ、お父さんとお母さんも、わたしたちのことさがしてるね」

話が弾み出すと、夢中になった。どこかで聞いたおとぎ話みたいなことを、一生懸命に考えた。お金持ちだったから、妬まれて子供を捨てられてしまったとか、誰かが自分の子供と取り替えたとか、とにかく本当の両親は素晴らしい人で、今ごろ嘆き悲しんでいるはずなのだ。

どちらからともなく、橋の下を見に行こうと思いついた。自分たちが捨てられたという橋の下に、本当の両親を知る手がかりがあるかもしれないのだ。


「キャンピングカーだ」

高校生になった瑛人が、友梨の前でそう言う。待ち合わせの場所に来たとたん、「よう」とか「待った？」とか何もなく、いきなり本題に入るのが、彼らしいといえば彼らしい。なんて、瑛人のことをそれほど知っているわけでもないのにそう思った。

「あのときのキャンピングカー、見かけたんだ。さっき、堤防沿いの道を走っていった」

「あのときの？　本当に？」

「似てた」

キャンピングカーだというだけでは、あのときの夫婦の車かどうかわからない。けれどそんなことよりも、幼いころと同じように、瑛人と謎を追うことに、友梨は興味を感じている。

「ねえ、もしかしたら前みたいに、川原に駐まってるかも」

行ってみよう、と答えた瑛人も、あのころと同じような高揚感に身を置いていたのだろう。

今日は徒歩で、橋を渡る。昨日と同じように、石の橋を渡っていく。制服のまま現れた瑛人は、白いシャツに青いネクタイだ。このあたりでは見ない制服だったし、私服より男の子らしい気がして、ついじろじろと見てしまったが、瑛人も同じだったらしく、友梨の制服を見て、「女子高生みたい」と妙なことを口走った。

堤防沿いはそもそも車の少ない道だから、キャンピングカーはもちろんどんな車も見当たらない。少し先には人形屋敷があるが、友梨たちはそのまま道沿いに進んで人形屋敷を通り過ぎ、ポツポツと話しながら歩いた。

「あっ、キャンピングカーじゃない？」

はっとして、友梨は川原を指さす。草むらに、車が駐まっている。銀色の光を反射している。瑛人と顔を見合わせ、ふたりは駆け出している。

近づいて、立ち止まった友梨はがっかりした。キャンピングカーではなく、ワゴン車だったのだ。遠目には色も形も似ていたけれど、考えてみれば、あのときのキャンピングカーが同じ川原に駐まっているわけがない。

瑛人も拍子抜けしたように額の汗を拭《ぬぐ》った。

「これ、もう動かないよね？」

放置されてずいぶん経っているに違いなく、ボディはさびが浮いてボロボロだ。タイヤはぺしゃんこだし、フロントガラスは割れ、座席には落ち葉がたまっている。

「こんなところに、前からあったかなあ」

「気づいてなかっただけじゃない？」

「そうだろうけど」

後部座席のドアは少しばかり開いている。覗き込んだ友梨は、シートの上に麦わら帽子があるのに気がついた。

「瑛人くん！　あれ見て。昨日オババのところで見た帽子だよ！」

赤いリボンがついている。あのときの誰かが、ここへ来て帽子を忘れていったのだろうか。あきらかに子供用の帽子で、持ち主は小さい子に違いない。たぶん、まだ小学校に上がる前くらいの。友梨たちが昔、人形屋敷を訪れたころと同じくらいの。

「ねえ、やっぱりあの子も、こんな帽子をかぶってた気がするの」

「あの子の帽子がこんなところにあるわけないよ。昨日見た帽子なら、あのときいた誰かのだろ？」

「でも、ちょっと古そうじゃない？　リボンも少し色あせてるし。あの子のお下がりを誰かがかぶってたのかな」

「あの子は、いなくなったのに？」

瑛人はドアの隙間から手を伸ばし、帽子をつかみ出した。それをひっくり返したり、いろんな角度から確かめていたかと思うと、はっとしたように硬直した。

「これ……、僕のだ」

麦わら帽子の裏側を、友梨に示す。そこには、〝えいと〟とつたないひらがなで名前が書いてある。ああそうだ、瑛人はよく麦わら帽子をかぶっていた。あの日も、かぶっていたのではないか。

「もしかして、あの子に帽子を貸してあげた？　だからわたし、あの子と瑛人くんがごっちゃになってたのかも……」

「でも、このリボンは僕のじゃないよ」

それから、こちらをじっと見ていたかと思うと、急に友梨の髪に手を伸ばした。子供のころと同じくらい無邪気に、指先が髪に触れる。不思議と友梨も無邪気に受け止める。

「髪、昔から長かったよね。結んでなかった？」

「うん、ポニーテールにしてた」

「赤いリボンで？」

「うん、……そうだった」

ふたりして、顔を見合わせる。帽子とリボンが昔の記憶を連れてきたかのように、友梨の頭の中で光がはじけた。


麦わら帽子の瑛人と、赤いリボンの友梨は、拾った人形を持って人形屋敷を訪れた。オババはいなかったのだろう。友梨の頭には想像のオババしか浮かばない。

それからどうしたのだっただろう。

キャンピングカーの夫婦に会った。たしか、人形屋敷で女の人に声をかけられたのだ。その人は、子供をさがしていると言った。見かけなかったか、と訊かれたけれど、友梨たちは首を横に振った。

女の人は、友梨たちを交互に見て微笑んだ。

「あなたたちは、きょうだいなの？」

瑛人が頷いた。

「そう、かわいいわね。わたしたちね、キャンピングカーで来てるの」

「キャンピングカーって何？」

友梨には知らないものだった。

「車がおうちになってるの。見に来る？」

「おうちが動くの？」

「そうよ。今は川原に駐めてあるわ」

見たいと思った友梨は、女の人の手招きにつられ、歩き出していた。

「だめだよ、知らない人についていっちゃ」

誰かがそう言った。

「川原まで行くだけだよ」

瑛人がそう言ったような気がする。だったらそのときは、もうひとりのあの子もその場にいたのだ。友梨の中では、瑛人とうまく区別がつかない。くせのある髪に大きな目と、水色かピンクか、そんな色合いのかわいらしい服装も、女の子か男の子かわからない印象も重なる。

「ちょうど焼き芋をしてるの。おいしいわよ」

川原は知らない場所じゃない。それに瑛人もいっしょだし、女の人は身ぎれいでやさしそうで、警戒心はわかなかった。

結局、行くことにした友梨と瑛人に、その子もついてきたのだと思う。

キャンピングカーの外で、男の人が火をたいていた。石を積んだところに鉄板を置いて、アルミホイルに包んだサツマイモが焼かれている。いい匂いがしているのは、そろそろ焼き上がるからだろう。

男の人はひげ面で、友梨には少し怖そうに見えたが、話し方は穏やかだったし、瑛人が熱心にキャンピングカーのことを問うと、親切に教えてくれていた。

お父さんとはなかなか遊べないから、と瑛人は楽しそうだった。友梨も同じようなものだ。入院中のお父さんは、しばらく単身赴任で家にいなかったし、お母さんも忙しくて、いっしょに過ごす時間は少ない。今も、ひいおばあちゃんにあずけられ、お母さんは数日おきに来るといった状態だ。

そんなだから、キャンピングカーの夫婦がお父さんとお母さんだったら、どんなに楽しいだろうと考えた。ピクニックみたいに、地面に敷いたシートの上で焼き芋を食べながら、ほんの一瞬、知らない人に物をもらってはいけないという戒めが頭をかすめたけれど、平気だと自分に言い聞かせ、友梨は見知らぬ夫婦とすっかり打ち解けていた。

自分たちが本当の両親をさがしていることも、打ち明けたような気がする。夫婦は真剣な顔で、友梨たちの話を聞いてくれた。

もうひとりの子に帽子とリボンを貸したのは、そう、きっとあのときだ。瑛人が、水のそばで石投げをしようと誘ったとき。

友梨もいっしょに、小石を投げて遊んでいるうち、急に風が吹いて、あの子のピンクのバンダナを飛ばしてしまった。川面に落ちたバンダナは、どんどん流されていってしまう。追いかけようと川に入るその子を、男の人が止める。

「だめだよ、危ないから。バンダナは仕方がないよ」

けれどその子は泣き出してしまった。瑛人が慰めながら、自分の麦わら帽子をかぶせてあげた。

まだ泣きやまないから、友梨は自分のリボンを髪からほどいて、飾りのない帽子に結ぶ。やっとその子は泣きやんだけれど、まだ悲しそうな顔をしていた。

いつの間にか、空が夕焼けに染まりはじめていた。

「帰りなさい。日が暮れる前に帰らなきゃいけないよ」

男の人がそう言った。友梨たちは本当の親をさがしに来たのに、まだ見つけられていない。それに、もっとここで遊んでいたいという気持ちもあった。

「まだいいじゃないの。暗くなったら、キャンピングカーで送ってあげれば」

女の人が言った。乗ってみたいと純粋に思ったのは、瑛人も同じだっただろう。

「ねえ、いっそうちの子にならない?」

そうしたら、キャンピングカーでどこへでも連れて行ってあげると彼女は微笑む。海でも街でも、遊園地でも動物園でも。星の下で眠って、朝日を浴びて、歌って駆けて、毎日楽しく過ごせる。屈託なくうれしそうに語る、女の人の言葉を聞きながら、友梨はだんだん不安になった。

口うるさいお母さんも、ちっとも遊んでくれないお父さんもいない場所で、知らない人と暮らすなんてできるのだろうか。

「やっぱり帰る」

友梨は言う。

「そう。でも、送っていったほうがいいよね。家の近くまで。でないと心配だわ」

女の人が身を乗り出したぶん、友梨は後ずさっていた。

「ううん、平気」

くるりと背を向け、急ぎ足で歩き出す。キャンピングカーはステキだけれど、あの動く家に乗ってしまったら、もう二度と帰れないような気がしたのだ。瑛人も友梨についてきていたはずだ。

女の人の声が背後に聞こえる。

「待って、ほら、帰るならお菓子を持っていきなさいな」

立ち止まってはいけない。なぜかそう思った。逃げるように、土手を駆け上がる。

「待って」

追ってくる声にあせりながら、橋へと急ぐ。けれど、あの子が急に立ち止まったのだ。

「あの人たちの子供になる」

「ええっ、なに言ってんの」

知らない人についていくなと、最初に友梨たちを止めたではないか。なのにあの子は、キャンピングカーに戻るという。

「お父さんとお母さんになってくれる人をさがしてたんだ。帰るところなんてないから、あの人たちと行くよ」

「本当の、お父さんとお母さんじゃなくてもいいの?」

友梨は諭すように強く言ったけれど、その子はただ穏やかに微笑んでいた。

「日が暮れる前に橋を渡らないと、向こう側へ戻れなくなるよ」

それだけ言うと、その子はくるりときびすを返し、土手を下りていく。あたりが夕焼けに染まり、お日さまは今にも山の陰に隠れてしまいそうだ。早く橋を渡らないと。そうしなければいけないと、あの子の言葉を奇妙なほど真剣に受け止めて、友梨は走り出す。

夫婦がもう追いかけてこなかったのは、その子が彼らの元へ戻ったからだろうか。

橋が見えてきたとき、町のほうにいくつも灯《とも》る光があった。あぜ道に沿ってゆれながら、呼ぶような声をかけ合う光へ向かい、友梨は瑛人と手をつないで走り、橋を渡ったのだ。そう、あのとき確かに、瑛人といっしょだった。

麦わら帽子とリボンを、あの子とともに橋の向こう側へ残し、友梨たちはこちら側へ戻ってきたのだ。


あのときの、麦わら帽子がここにある。自分たちの身代わりのように置いてきたものが、壊れて放置された車の中に。赤いリボンも結ばれたままだ。呆然《ぼうぜん》とするふたりのそばで、犬の吠え声がした。我に返ると、白い雑種犬を連れたおばあさんが立っていた。

「タローを見なかった？」

オババだ、と瑛人が小声で言ったのを耳にするまでもなく、きつくパーマをかけた髪に黒一色の服装と、どこか現実離れした雰囲気に、友梨もオババだと気づいていた。

オババは、瑛人が手にしていた麦わら帽子を見つけ、それをさっと奪う。

「ここにあったのかい。タローが持ってきたんだね。まったく、いたずらっ子で困るよ」

「あの、タローって」

「うちの犬さ。小屋から勝手に出ていくんだよ。柵をよじ登って。夕方には戻ってくるんだけど、よそさまの迷惑になるといけないからさがしてるところなんだ」

昨日人形屋敷で、帽子をかぶった誰かがいるように見えたのは、もしかしたら犬だったのだろうか。瑛人と顔を見合わせる。

「この帽子、ずっと前に僕がなくしたものなんです。どこにあったんですか?」

瑛人が言うと、オババは怪訝《けげん》そうな顔をした。

「ああ、あんた、和島酒造の。そうか、あんたがあの子にかぶせてやったのかい」

「あの子を知ってるんですか?」

「人形だろう?」

オババは背を向けつつ言う。立ち去られては困ると、友梨たちは追いかけるようについていく。

「人形って、どんな……」

「さあ。あのとき、若い夫婦が、きょうだいだっていう子供たちが忘れていったと言って、うちへ帽子を持ってきたよ。あんたたちとはここで会ったから、ここの子かと思ったたって。帽子を人形にかぶせて、いっしょに遊んだって言ってたね」

記憶にある人形が、ふとあの子に重なる。人形は、ピンクのバンダナをしていただろうか。

「じゃあ、人形はその、夫婦が連れていったんですか？」

「そうだろ。あの人たちは、あんたたちが人形を拾ってくれたって言ってたから」

あの子は、あの夫婦の子だったのだ。友梨は奇妙なことに、そんなふうに納得している。それは、本当の両親を見つけたことになるのだろうか。

「あの人たちは、子供を亡くしたそうだ。その子の人形だったんだろうね。それで人形と旅をしてたのに、川原を歩いてるときにどこかに置き忘れたらしくて、さがしてたんだ。拾われてよかった。あの人たちの子の、災いは遠ざけられた」

「でも、子供はもう、亡くなってるんですよね」

「人形は子の身代わりだから。子の魂が安らかなら、あの人たちもきっと、安らかになれただろうよ」

オババは犬を連れて、堤防の上を歩いて行く。友梨たちはついていきながら、オババの奇妙な言葉に耳を傾ける。

「子供はすぐに、境界をくぐってしまうからね。こちらとあちら、大人には渡れない橋を、簡単に渡れてしまうから。人形でも人でも似たようなものさ。あんたたち、向こうで人形と友達になったかい？　帽子を貸してあげたんだろう？」

視線の先に橋がある。人形屋敷は、友梨たちの家から橋を渡った場所にあるし、行き来したって何事もない。橋は、ただ川を渡るための橋だ。

「帰ってこれてよかったね」

日が暮れるまでに橋を渡らないと帰れない、あの子はそう言った。同じ橋が、別の領域につながっていたかのように。

自分たちは、拾われた子だと言われたことで、守られていたのだろう。

＊

十年ぶりに戻ってきた麦わら帽子とリボン、それぞれを手に、友梨たちは家へ帰ろうと橋を渡った。

あのときと同じように、空が赤く染まりはじめている。橋の上には街灯がともり、その下の暗い茂みと黒っぽい川面から、石の欄干を浮かび上がらせている。

渡りはじめても、何か起こるわけでもない。友梨たちはもう、こちら側に根を下ろし、危うい境界を行き来してしまうことはない。

「あれ、イワたちだ」

瑛人が指さす橋のたもとで、数人が立ち話をしている。桃枝がいるのがわかると、ほかの人影も、かつて友梨がいっしょに遊んだ子たちだとわかった。

「あれ？　友梨ちゃんと瑛人くん？　何してんの？」

「そっちこそ、なんかの集まり？」

「虫送りの話してたの」

「虫送りって？」

友梨にとっては初めて聞く言葉だ。

「友梨ちゃんは知らないか。お祭りみたいなもんだよ」

「僕も知らないけど、そんな祭りあったっけ」

瑛人も首をかしげる。

「十年ぶりにやるんだって。小さいときに見に行ったけど、瑛人はまだ引っ越してきてなかったっけ？　それからずっとなかったんだよな」

「田んぼから虫を追い払う儀式みたいなの。このへんは、収穫前のこの時期にやってたんだ」

「今は薬で虫がつかないようにできるから、意味がないってどんどん廃れていってるみたいだけど、昔は害虫を追い払うのだって神頼みだったんだろうし」

「たいまつを持ってあぜ道を練り歩くんだ。で、橋まで虫を追い立てる」

「どうして橋までなの？」

橋はまた、不思議な意味を含んでいる。

「あとは害虫が川に流れていくからじゃない？　ほら三途《さんず》の川だって川だし、人の世界から外へ行ってもらうとか、じいちゃんに聞いたことがあるよ」

「そっか、精霊《しょうろう》流しも川に流して送るし」

「桃太郎も川を流れてくるし」

子供は神さまのものだと、ひいおばあちゃんは言っていた。橋の下に捨てるのは、神さまの世界との境界まで、子供を戻すこと。そうしたら、悪いものは手を出せないから。

「ふーん、ここで虫送りなんてやってたんだ」

瑛人がしみじみとつぶやいた。

「十年ぶりにまたやるってのは、町おこしってことみたいだけどな」

理由は何であれ、夜に出かけられるお祭りは、なぜか気持ちが浮き立つものだ。ふだんは近所に娯楽がないからなおさらだ。

みんなで見に行こうとひとしきり話し、それからみんな、それぞれの家のほうへ散っていった。友梨と瑛人はもう少し同じ方向だ。またふたりになると、瑛人がぽつりと言う。

「十年前に、見たよね」

誰かをさがしていたような、光の列とかけ声が、今も脳裏に浮かぶ。

「うん」

その光を目印に、友梨たちは橋を渡り、川を渡った。

「川は、あの世とこの世の境界かあ」

橋は、そこをつなぐもの。

子供はかつて、すぐに死んでしまうか弱い存在だったから、人の世に根付きしっかり生きていけるようになるまで、橋の下で拾ったことにするのだ。

なぜそうするのかわからなくても、叱るときやからかうつもりで言う親でも、心の奥深くに流れる川を知っている。遠い昔から言い伝えられてきた、魂が行き交う場所にかかる橋を知っているから、呪文は世代を超えて言葉になる。

「友梨ちゃんのこと、僕はずっと、イマジナリーフレンドだと思ってた。みんなで遊んでたときにもいたのをおぼえてるけど、僕だけのイマジナリーフレンドだったんだって」

瑛人は、手に持っていた麦わら帽子をかぶる。小さすぎて、頭の上にちょこんと乗るだけだ。友梨はそれを見て笑う。

「何それ」

「自分にしか見えない友達。子供って、そういう空想の友達と遊んだりするだろ？」

「えー、わたしはそんなことなかったなあ」

「なに言ってんの。あの子は、人形の子は、僕たちのイマジナリーフレンドだったじゃないか」

「そっか……。でもそんな言葉、よく知ってるね」

「本で読んだ。心理学の」

「心理学が好きなの？」

「たぶん、気になってたから調べるようになったんだ。だから……、友梨ちゃんが実在しててよかった」

十年前の出来事が、何だったのか。現実だったのか、本当に友梨が消えてしまったのか、瑛人は知りたかったのだろうか。

「あのときの冒険が、まるごと僕の想像じゃなくてよかった」

分かれ道で立ち止まった瑛人は、少し気恥ずかしそうに微笑む。

魔法が解ける。自分たちはもう、空想と現実の区別がつかない子供じゃない。あの子が人形だったことも、いろんな空想をしながら瑛人と遊んだのだということも、ちゃんとわかっている。半分神さまのものだったあのころとは違って、人の世にきちんと根を下ろした証だ。

でも、教えられなくても知っている。あのころの自分たちにとって、あの子は現実の友達だった。人形遊びであっても、同時に小さな魂が語りかけてくることにも気づいていて、その子と遊んでいた。

自由に、空想と現実を行き来できたのだ。

そうして魔法が解けた今、友梨は新たな謎に直面している。

麦わら帽子の瑛人を、昔は見下ろしていたような気がするのに、見上げているのが不思議だった。

第二話

縁側の縁

ドラッグストアに寄るからと遼子《りょうこ》が言うと、助手席で友梨がスマホから顔を上げ、眉をひそめた。

このごろ娘は、親といっしょに出かけたがらなくなったが、今日はめずらしく、買い物に行くのについてきた。たぶん、家で父親と留守番をしているのがいやだったのだろう。父親を避けるのは、単にそういう年頃だからか。けれど遼子は、ちょっと心配している。農業をしたいという夫とともに、遼子の祖母の住む町へ引っ越してきたのはこの夏のこと、そろそろ九月も終わろうとしている。都会の生活に慣れた子供たちを、こんな形で巻き込んでよかったのだろうか。

「お父さんの薬を買うんでしょ？　ねえ、ものもらいってうつるんじゃない？　もう、やだな、あんなに腫れたら学校へ行けなくなるよ」

それほど腫れていないと遼子は思うが、女子高校生には死活問題だ。

「ものもらいはうつらないわよ」

「じゃあどうして、ものもらいって言うの。誰かからもらうっていうか、うつるってことじゃないの？」

「うーん、そういえばどうしてかな」

「うつらないならいいけど」

友梨は安心したのか、それだけ言うとまた手元のスマホに見入った。引っ越してきて、こちらで同じ年頃の友達もできた様子だ。高校のほうはというと、通学が不便になったのだが、べつだん文句を言うこともない。友達とのやりとりくらい好きにさせようと思う。

集落へと入っていく道に右折したとき、前方に大きな黒い車が駐まっていたために、遼子はブレーキを踏んだ。立派な門構えの家に、慶事の幕が掛かっている。白無垢《しろむく》の花嫁が、ちょうどそこから姿を現したところで、ピカピカした黒いハイヤーに乗り込もうとしているのだった。

「ねえ、お嫁さんだよ」

意外にも、友梨が反応して顔を上げた。

「ほんとだ。わあ、白無垢できれい」

「うん、きれいね。ちゃんと家で着付けして出ていくって、このごろはめずらしいな。だいたい、式場で着替えるのにね」

「純和風の家だし、着物が絵になるなあ」

花嫁はゆっくりした足取りだ。遼子は前の車にならい、エンジンを切って待つ。民家と田畑のあいだを縫う狭い道で、町の人たちは誰も急がない。

子供のころ、祖母に連れられて、近所の花嫁を見に行ったことを遼子は思い出す。あのときは庭へ入れてもらって、花嫁が縁側から出てくるのを見たのだった。

白無垢の花嫁が、縁側の敷石に置かれた履き物にそっと足を入れる。慣れない着物と角隠しに細心の注意を払いながら、留め袖姿の母親に手を引かれて、縁側から外へ出る。その様子は、不思議とまぶたに焼き付いている。花嫁の赤い唇が、やわらかく微笑みの形をしていたことも。

それにしても、どうして花嫁は、玄関ではなく縁側から出たのだろう。

家へ帰ると、友梨はさっさと二階の部屋へあがっていった。ドラッグストアで自分専用のシャンプーを買って、うれしそうにしていた。家族と同じものがいやなのも、そういう年頃なのだろうけれど、父親が勝手に使ったのが何よりいやだったらしく、違う香りのものをほしがった。

日曜日、中学生の拓也《たくや》は写真部の撮影会があると出かけている。祖母は近所の寄り合いに参加していたはずだが、帰ってきたらしく居間でテレビを見ていた。同じく居間で、夫の路也《みちや》が熱心に読んでいる本には、ブロッコリーの写真が大きく載っている。

「ブロッコリーを植えるの?」

「うん、このロマネスコっていう品種、最近需要があるらしいんだ」

ライムグリーンの角みたいな房が集まっている。鮮やかな色だが、味はどうなのだろう。

「スーパーにはなかったけど、おいしいの?」

「前にレストランで、バーニャカウダを食べただろう?」

「そうだっけ。じゃあブロッコリー買わなくてよくなるね。バーニャカウダで食べれそうな野菜、ほかにもつくってよ」

路也は楽しそうに頷きながら笑った。ここへ来てから、夫に笑顔が戻ってきている。そういえば、目を糸のように細めて笑う人だった。出会ったころ、笑うと印象が変わるのがおもしろくて、まじまじと観察していた。同じように今も観察しながら、左目の腫れに薬のことを思い出す。

「あ、目の薬買ってきたよ。それと、友梨のシャンプーは使わないでって」

「ああ、家のがちょうど切れてたから、つい。でも友梨の、いい匂いなんだよな。おれもあれ、買おうかな」

「家のやつ、地肌にはいいのよ。ちゃんと買っておいたから、もう間違えないでね」

「そうか、地肌にいいのか」

同じ匂いがいやだと思う娘の気持ちは、男親には今ひとつわからないらしい。それでも地肌にいいと聞けば、いつものシャンプーも見直した様子の路也は素直だ。

「遼ちゃん、お茶飲むかい？」

祖母がちゃぶ台の上の急須を引き寄せる。ポットと茶筒と急須のセットに加え、あられやミニカステラといった小袋入りの菓子が入った鉢がちゃぶ台には常備されていて、立ち上がらなくても、好きなときにお茶とお菓子に手が届くのだ。

うん、と言って、遼子も座る。

「帰りにね、花嫁さん見たのよ。ちょうど家から出ていくところ。子供のころにもこの近くで見たことあるけど、あのときお嫁さん、縁側から出てたよね」

ポットの湯を急須に注ぎ、祖母はゆっくりと急須をゆらしながら頷く。

「出戻ってこないようにってことだよ」

「縁側から出ると、出戻ってこないんですか？」

路也も疑問に思ったようだ。遼子は縁側に目をやる。開けっぱなしの障子の向こう側には、廊下を兼ねた縁側があり、庭に面している。

「うんそう。お葬式のときも、縁側から出棺するからね」

思えば祖父のとき、そうだった。ふすまを開け放せば、三間続きの和室が広間になるこの家は、ふだんは居間になっているここの座卓も片付けられて、厳《おごそ》かな儀式の場になった。そもそも以前は、どこの家も自宅で冠婚葬祭を行っていたのだし、縁側からの出入りは、単に玄関より広くて、運び出しやすいからだと思っていた。

「そういえば、遠くへ行くときは縁側から出ちゃだめ、っておばあちゃんよく言ってたよね」

「ああそれ、縁側から出かけちゃいけないって、おれも昔、祖父の家で言われたことがありますよ」

「縁側は家の縁《へり》、開け放されてても正式な出入り口じゃないからね。道につながってないんだから、一旦そこから出ていったら、ちゃんと戻れるかどうかわからない。だから、死んだ人の場合戻って来たりしないように、縁側から出すんだよ。ちゃんとあの世へ行けるようにね」

戻れなくなるだなんて、なんだか恐ろしい言い伝えだ。

「あの世とか、やめてよ。わたし、怪談は苦手なんだから」

「何も怖い話じゃないさ。しきたりだよ」

「でも、弔事《ちょうじ》のしきたりなのに、どうして花嫁まで縁側から出るんでしょう？　出戻らないようにとはいえ、慶事ですよね」

路也は興味を感じているようだ。理系男子なのに、迷信が気になるのだろうかと遼子は意外に感じる。

「慶事も弔事も人の都合で、縁側はただの境界なんじゃないかね？　これまでの居場所と縁《えん》を切らないと、新しいところに魂が定まらない。婚家でうまくやっていけるようにって願いが込められてるんだ」

「じゃあ、おばあちゃんもお母さんも、縁側から出入りした？」

「ああ、したよ。実家の縁側から出て、そこからこの家へ入ったんだ」

祖母が視線を向けたのは、すぐそこにある縁側なのか、それとも嫁いだころの遠い記憶にある縁側なのだろうか。

「縁側から出て縁側から入る、とすると、結婚は玄関から出入りする訪問とは違うんだと、完全に居を移すというイメージなんですね」

「そういうことかもしれないね」

「でもわたしのときは、縁側なんてなかったし、式場でウェディングドレスに着替えたよね」

遼子が結婚したのは十七年前、両親は転勤族で、何度か引っ越しをしたが、父の実家であるこの家に住んだ高校時代を除けば、マンション暮らしだったため、自宅に縁側などなかった。新居だって、路也と借りたマンションだ。

「ホテルのチャペルだったから、しきたりも西洋の神さまのだったなあ」

そう言う路也は、自分たちの結婚式を思い浮かべたのだろうか。その胸中を、遼子は想像できなくて目をそらす。自分から言い出した結婚式の話が、急に恥ずかしくなっていた。

助け船か、ポケットの中の携帯電話が鳴る。遼子は急いで居間を出る。

「遼子、今ヒマ？」

かつての同級生、香代《かよ》からだった。祖母の家にまた住むようになって、高校時代の同級生とも会うようになっていた。

「ブドウ余ってるんだけど、取りに来ない？」

「いいの？　行く」

香代は結婚しているものの、実家の喫茶店を手伝っている。喫茶店が遼子の家から近いため、ときどき訪れているし、気軽に連絡をくれるのがありがたい。

遼子はまた車を走らせ、十分ほどで店に着いた。〝パーラー　ちとせ〟という看板も外壁も、ツタの葉に埋もれそうな建物だ。入っていくと、カウンターの中から香代が手を振った。

「どう？　通勤は大変じゃない？」

遼子はカウンター席に座る。お客さんは、近所の人らしい老婦人のグループだけで、楽しそうに談笑している。

「うん、もう慣れたよ。県庁まで、ここからは高速も使えるしね」

「これ、巨峰ね。果樹園の奥さんにもらったの」

「ありがとう。子供たちが大好きなの」

昔と変わらず、香代はショートカットで、白いシャツがよく似合う。小柄なので、飾り気がなくてもかわいらしいとみんなに慕われていた。昔とは違うとしたら、コーヒーを淹《い》れる手つきが思いがけないほど様になっているというところか。

「遼子のところは、いい子たちでうらやましいよ。この前会ったときもちゃんと挨拶してくれたもんね。うちなんて、大人と口をきいたら死ぬのかってくらい無愛想だから」

「反抗期なのは同じよ。娘なんて、完全に父親を避けてるもん」

息子はまだ子供っぽいが、じきに親をうるさく思うようになるのだろう。

「ダンナさんも、元気そうじゃない」

「うん、なんだか、わたしが割り切れてないだけなのかも。彼は、まるで何もなかったかのようで」

「意識して、そうしてるのかもしれないよ」

たぶん、香代の言うとおりだ。元通り、修復しようとお互いに決めたのだから。

引っ越してきて間もなく、香代にはいろいろ愚痴を言ってしまった。高校生に戻ったようなノリで、つい個人的な悩みを口走ってしまったけれど、聞いてもらえて遼子は、救われたように感じている。

大人になると、ふだん親しくしている相手でも、なかなか本心は見せられないところがあるけれど、香代には自然に気を許せた。つきあいは途切れていたのに、すぐに昔に戻れたのだ。たぶん彼女が、昔と同じこの土地で過ごしていて、あのころと変わらない態度で遼子を受け入れてくれたからだ。

「遼子はしっかり者だけど、もう少しゆるくてもいいんじゃない？　割り切るとかじゃなくて、まあ、テキトーに暮らすっていうか」

「そうかも。考えすぎちゃうのはよくないよね」

ため息をつく。わかっていても、なかなかゆるく適当にはできそうにない。計画的に、何事も道筋をつけたい性分だから、遼子にとっては難しいことだ。その道筋が、路也が見つめる方向とは違ってしまっても、なかなか気づけなかった。


路也と出会ったのは、遼子が勤める県庁の同僚からの紹介だった。同僚の大学時代の仲間が集まるというバーベキューに、遼子も誘われて参加したとき、その中に路也がいた。

路也は当時、システム開発会社で働いていて、無口だけれどけっして無愛想ではなく、人の話を熱心に聞いてくれる人だった。

好きな映画の話で盛り上がり、いっしょに観に行くようになったりと、月並みな出会いだったけれど、運命的な出会いにあこがれていたわけでもない。そもそも、一目惚れも運命も信じていない遼子は、夢がないと友達にはよく言われるが、ドラマみたいな浮き沈みのある人生なんて、たとえハッピーエンドでもごめんだと思っている。とくべつなことが起こらなくても、不幸に見舞われることがなければいい。路也にも、そういう安定志向なところがあったから、価値観も似ていると思えたし、しだいに遼子は、彼の、控えめだけれど芯のあるところが好きになっていった。

仕事にも慣れ、そろそろ結婚を考える年齢だったこともあり、トントン拍子に話は進んだ。けれど、遼子が計画通りに歩んでこられたのは、そこまでだったかもしれない。

「あ、直史《なおし》くん？　今から？　いいよ」

香代の話し声に我に返る。電話を受けたらしい彼女の発した名前が、遼子の耳には大きく響いたのだ。反射的に顔を向けると、彼女は目配せで応える。電話の相手は、かつての同級生、木内《きうち》直史だ。

「遼子も来てるんだ、山田《やまだ》遼子。おぼえてるでしょ？」

そうして短く言葉を交わし、電話を切った香代は、遼子の前へ来てにんまり笑った。

「彼、たまにコーヒー飲みに来てくれるんだ。たぶん今日は、市立病院の当番の帰り」

「医者になったんだよね。実家の医院継いでるの？」

「うん、大町の木内眼科」

なつかしい、という気持ちに、キラキラしたものが混じっていたが、あまりにも淡くて、すぐに消え失せてしまう。

香代はレジ台の引き出しから名刺を取り出し、遼子に渡した。『木内眼科・医師　木内直史』と書いてある。

「これあげる」

「香代がもらったんでしょ？」

「お客さんに医院の紹介してって、もらってんの。だから宣伝」

ぬかりないな、と遼子はカードケースに突っ込んでおく。

「さすがに直史くんも、いいおじさんになってるだろうな」

「そりゃまあね。でも患者さんからはモテてるらしいよ。年配の」

愛嬌があるから、昔から年配の人にかわいがられていたことを思い出す。それもまた、彼の魅力だった。

高校を卒業するまでの二年間、遼子は彼とつきあっていた。不思議なことに、楽しかった記憶しかない。けれど、医学部を目指す彼とは受験勉強でしだいに会えなくなり、別々の大学へ進むと、どちらからともなく別れを切り出したのだった。

結婚はしているのだろうか。どんな奥さんとどんな家庭を築いているのか。気にはなりつつも訊くのはためらったが、香代が気を回したのか言う。

「奥さんと離婚して、小学生のお子さんと暮らしてるんだって」

そっか、と遼子はつぶやいた。それだけで、彼が遼子の知っている彼ではないのだと理解できた。

「じゃ、わたし帰るね。ブドウありがとう」

「え、帰っちゃうの？　直史くん来るのに」

「幻滅したくないでしょ、お互いに」

また来るね、と遼子はベルのついたドアをくぐる。パーキングで車に乗り込んだとき、ちょうどエンジンを切った車から人が降りてくるのが見えた。直史だ。遼子が一目でわかったように、向こうもすぐに気づいたようだ。

年齢を重ねたとはいえ、不思議と違和感なく、木内直史のままだった。

「遼！　ほんとに遼じゃん」

昔のように呼ぶと、こちらへ駆け寄ってくる。ジャケットのポケットに両手を入れて、肩をすくめた小走りが昔のままだ。

「久しぶりだね、元気だった？」

「ああ、何十年ぶり？　電話で岩崎《いわさき》に名前聞いて、驚いたよ」

香代のことを、今でも旧姓で呼んでいるから、ますます昔に戻ったかのようだった。

「こっちの、祖母の家に引っ越してきたの」

「えっ、もしかして出戻り？」

「違うよ、家族といっしょ」

「じゃあ、山田じゃないんだ？」

「今は吉住《よしずみ》だよ」

「なんだ、同類かとちょっと期待したのに」

昔からこんな軽口はよく言う人だったから、遼子は笑って聞き流した。

「お子さんいるんでしょ？　ひとりで大変だね」

「どうして妻が引き取らなかったんだって、思うだろ？」

母親が引き取ると決まっているわけではない。でもたぶん、そんなふうに疑問をいだく人が多くて、彼は自分から話すほうが楽だと思うようになったのだろう。実際、遼子もそう思ったから、遠回しな言葉を使ったが、たぶん見抜かれている。

「家出したんだ。結婚前から好きだった相手がいたみたいでさ。ま、おれもできた夫じゃなかったし」

それでも、子供を残して出ていけるものだろうか。そんなふうに思うのも、本当に遼子自身がそう思うのか、そう思うのが正解だからか、急にわからなくなっていた。

このごろ、常識なのか自分の考えなのか、わからなくなる。別居を言い出した路也を引き留めて祖母の家へ来たときから、自分がどうしてそうしたのかわからない。離婚は体裁が悪いから？　子供たちのためだと自分に言い聞かせたのは本音？

「縁側から出ていったんだよな」

直史はぽつりとそんな言葉をこぼした。

「縁側……？」

「ほら、縁側から出ると帰れなくなる、って聞いたことあるだろ？」

「うん」

「あいつがいなくなったとき、縁側っていうか、庭に面したサッシだけが開いてて、いやな予感がしたんだ。もう帰らないっていう、意思表示だったんだろうな」

「奥さんも、その言い伝え知ってたんだ」

「結婚したとき、うちの両親に言われて縁側から入ったからなあ」

まるで縁側には、固い決意が込められているかのようだ。嫁ぐときも出ていくときも、そこをまたぐことに意味があるとでもいうのだろうか。

決意がないまま縁側を出ると、道に迷ってしまうのだろうか。

「ま、結局はおれのことがいやになったんだろうし、縁側のせいじゃないけど」

ただのアルミサッシで、家の内と外を隔てているに過ぎないのに。

「何なんだろうな、言い伝えって。トイレ掃除すると安産になるとか、乳歯が抜けたら屋根へ投げろとか、新しい靴を夜に履くなとか」

「ああ、そんなのあったね。新品を夜に履くときは、靴の裏に墨をつければいいって話」

「そうなのか？　墨って、墨汁でもいいの？」

「うちのおばあちゃんは、黒いサインペン使ってたけど」

「マジか、いいこと聞いた」

「もしかして、気にしてた？　夜には新しい靴履かないようにしてたの？」

神妙に頷くのがおかしかった。迷信だとわかっていても、気になってしまうのはわかる。遼子だって、車には必ず交通安全のお守りをぶら下げている。

「縁側には気をつけろよ」

そう言うと、彼は〝パーラー　ちとせ〟の入り口へと、また小走りで向かっていった。

気をつけるって、縁側から出ないように？

ちょっと庭に出るとき、納屋へ野菜を取りに行ったり、洗濯物を干したり取り込んだり、ご近所に回覧板を届けるとき、ごくふつうに縁側から出入りする。言い伝えは、遠方へ出かけるときの注意だけれど、縁側に置いてあるつっかけで出かけられる範囲でなければ、玄関で靴を履いていくのだから問題はない。

そもそも、縁側から出かけたって、本当に帰れなくなるわけないじゃない。そう思いながらもやっぱり、直史が夜に靴をおろさなかったように、遼子も、縁側から出かけたりはしないだろうと思うのだ。

どうしてだろう。頭ではわかっていても、自分でも理解できない行動をしてしまう。

どうして、うまくいかなくなった路也と、ここへ引っ越してきたのだろう。

家へ帰ると、路也が夕食の支度をはじめていた。家事全般はもう手慣れたものだし、今も料理は彼の担当だ。部活から帰ってきたらしい拓也は、居間でゲームをしている。友梨は二階か。

祖母が台所でぬか床をこねていた。かつては土間だった台所へ、遼子もおりていく。

「これ、もらった」

「お、巨峰？　おいしそうだね」

タマネギを刻んでいた路也は、泣き笑いの顔になった。目の腫れもあってか、遼子はつい笑ってしまう。

「何？　なんかおかしかった？」

「泣いてるじゃない」

「ああ、新鮮なタマネギは目にしみるよ」

「ハンバーグか、今日は特売の挽肉買ったもんね」

路也は頷く。友梨の好物だ。父を無視していても、父の料理はおいしそうに食べるのだから、まだかわいげはある。

「じゃ、わたしお風呂沸かしてくるね」

就寝の早い祖母に合わせ、かつては夜型だった我が家の食事もお風呂も早くなった。通勤に時間がかかるので、早起きしなければならないが、不思議とよく眠れるので、気持ちに余裕ができるようになった気がする。

それだけで、おおらかになれる。以前はちょっとしたことでイライラしていなかっただろうか。

三年前、路也は急に仕事を辞めた。遼子に何の相談もなく、しばらくは退職したことを隠して朝には出かけ、再就職先をさがしていたらしいが、じきに遼子の知るところとなった。

路也は、辞めた理由をはっきりとは話さなかったが、上司からのパワハラといったことがあったようだ。路也が働いていたIT業界のことを、遼子はあまり知らないが、変化のスピードが速い分、経験や知識を積み重ねたベテランよりも、新しいことを素早く吸収する若者のほうが必要とされるところがあるらしい。四十代の路也は、そろそろ難しい年齢だったのかもしれない。

しかし、彼が仕事を辞めたとき、遼子は全く理解できなかったし、動揺した。家族がいて、子供たちはこれから進学を重ねる時期だ。家を買うことも考えていたし、急に収入が半減したのだから、あせりと不安がつのるばかりだった。けれどその不安は、きっと路也のほうが強かったことだろう。

仕事を辞めた路也は、再就職先をさがすのにも心が折れたのか、ずっと家にいるようになった。家事をしていたし、専業主夫といえばそうだが、遼子はどこか後ろめたくて、周囲には黙っていた。

でもその後ろめたさは、路也にとって無言のプレッシャーだったはずだ。遼子は彼を支えるどころか、さらに傷つけていたに違いない。

今も、やっぱり後ろめたい。夫が農業をはじめるから引っ越す、と周囲に言えば、夢があっていいとか、チャレンジできるなんて素晴らしいなんて持ち上げられたが、内心ではあきれているのではと思ってしまう。安定した生活を捨て、家族を巻き込むなんて無責任だと、陰口も聞いた。

高齢の祖母が心配だから引っ越すのだ、そう言っておいたほうが、むしろずっと通りがいい。

そんなふうに思う遼子と、彼は本当に、続けていくことを望んでいるのだろうか。

「遼ちゃん、暗くなる前に、お揚げさん出しといてくれる?」

祖母が言う。

「裏庭の石垣に?」

「うん、そう」

祖母は毎日、油揚げを裏庭に置いておく。「お稲荷さんのお使いが来るから」と言うが、民家のあるこんなところにまで狐が来るのかどうか、遼子は知らない。油揚げは朝にはなくなっているのだが、カラスや野良猫が食べているのではないかと思うのだ。

それでも信心深い祖母は、毎晩油揚げを供えている。遼子はパックを開けて、石垣の上にあったお皿に中身を出し、ふと顔を上げた。遠くからかすかに、動物の鳴くような声が聞こえると、視線の先にある小高い山の中ほどに、赤い鳥居が見えた。

「お母さん、何してんの?」

ぼんやりしていると、後ろから声がした。友梨が、スマホだけを手に突っ立っていた。

「なあに友梨、電話しに出てきたの？」

部屋ですればいいのに、ふすまを隔てた隣が拓也の部屋だから、聞かれるのがいやなのだ。ということは、拓也はゲームをやめて部屋へ戻ったのだろう。

「彼氏でもできた？」

つい余計なことを言ってしまうと、友梨はあからさまに眉をひそめた。

「やめてよ、そういうの興味ないから」

ふうん、と聞き流しつつ、遼子は供えた油揚げの前で、柏手《かしわで》を打つ。神仏関係は、祖母に倣っておくにこしたことはない。

「ねえ、神さまって、何なの？」

友梨が小難しい顔で訊いてきた。

「ひいおばあちゃんによると、どこもかしこも神さまだらけよ。敷居は神さまの頭だから踏むなとか、トイレに裸で入ったら神さまが驚くとか」

遼子もよく耳にした。

「何だろうね。でもひいおばあちゃんは、みんなが幸せでいられるように祈ってるってことよ」

「祈るのはいいけど、お父さん、本当に農業なんてできるのかな」

祖父母が続けてきたトマト作りを、路也は教わりつつ始めたところだ。祖母がひとりになってからは、地元の直売所に置くだけの規模になっていたが、路也は温室を手直しし、生産量を増やすつもりらしい。一家で引っ越す前から、一足先に路也はこちらに滞在し、荒れた畑に少しずつ手を入れてきた。ほかにも、いろんな作物を試しているところだというが、はたして順調に進むのだろうか。

「さあねえ」

言葉にため息が交じってしまう。

「お母さん、反対しなかったのが意外。早く再就職してほしいって、ずっと言ってたのに」

農業だなんて、寝耳に水だった。路也は家族に相談もせず、自分で調べて考えていた。脱サラして農業をはじめたという知人のところへ何度も手伝いに行っていたが、それも遼子は知らなかった。就職のセミナーに行くと言っていたのに、うそをつかれたことは何よりも遼子を動揺させた。

路也は、知人に土地を借りるつもりだったようだが、あまりにも遠方で、家族で引っ越すなんてどう考えても無謀だったし、県庁に勤める遼子が仕事を辞めたら、収入は当面ゼロだ。だから彼は、別居も覚悟していたという。離婚ではないにしたって、遼子が見捨てられたように感じたのは無理もないではないか。自分たち家族は、路也にとってそんなに軽いものだったのだろうか。

「反対しても無駄だったから。お父さん、真剣だったから」

遼子はいつだって、家族のことを一番に考えてきたつもりだ。彼はそうではなかったのなら、夫婦って何だったのだろう。自分たちの十七年は。

悩んで考えた末の、遼子の代案は、祖母の家にある農地を使うということだった。路也にとっては、直接知人に教えを請うことはできなくなるし、畑の状態も、大部分がしばらく放置されていたため、けっしてよくはない。それでもそこなら、家族で暮らせる。遼子も友梨も職場や学校に通えるし、拓也は転校しなければならないが、今年中学へ入ったばかりだから、まだ影響は少ない。

とにかく遼子は、子供たちを傷つけたくなかった。それは路也にとっても、胸の痛むことだったのだろう。だから自分たちは、子供たちのためにやり直すのだ。

「お父さんのどこがよかったの?」

友梨は問う。本当のところ、恋愛に興味がないわけではないのだ。だから遼子は言葉を選ぶ。

「いいところ、いっぱいあるじゃない」

肯定とも否定ともつかない、「ふん」という声だけを発して、友梨は遼子から離れていった。友梨の足元は縁側のつっかけだ。縁側から出たのかと、遼子はぼんやりと見送った。

いいところも悪いところも、知り尽くしたつもりでいたけれど、今いっしょにいるのは、遼子の知らない路也だ。

まじめな人だし、やさしいし、価値観も金銭感覚も近い、結婚相手として問題はなかった。もちろんお互いに好意を持っていたけれど、恋に落ちたかというと、少し違う。でもそんなものより、尊敬できるところがあって、いっしょにやっていけると思える人だった。

今も、そう思えるのだろうか。

「友ちゃん、縁側から出たら、縁側から入るんだよ」

祖母が友梨に声をかける。夕食の用意ができたころ、友梨はやっと戻ってきて、勝手口から入りかけたところを祖母に止められていた。反抗期でも、祖母の言うことならわりと素直に聞くのだ。友梨は面倒くさそうに返事をしながらも、縁側へまわる。

「縁側から出かけたら、入るときも縁側じゃなきゃいけないの？」

座卓にハンバーグと味噌汁が並ぶ。遼子は湯飲みにお茶を注ぎながら祖母に問う。

「でないと、縁側から出たままになっちゃうからね」

「ふうん、縁側から戻れば縁側から出たことが帳消しになるんだ？」

「そうだねえ。縁側はあの世とつながってるところだけど、生きてる人は、あの世には行けないから迷う。迷い道の分岐点が縁側なら、そこから中に入れば元通りってのは理屈に合ってるんじゃないかい？」

祖母は自分の席に正座している。ピンクのカーディガンは路也がプレゼントしたものだ。そうして、うれしそうにハンバーグをじっと見つめている。一人暮らしをそれなりに楽しんでいたという祖母だが、遼子一家が来たことは喜んでくれているようだ。

「お嫁さんみたいに、別の家の縁側から入っても、それでこの世に戻ったってこと？」

「そうだろうね」

「縁側から出たままの人はどうなるの？　本当に帰れなくなるわけじゃないし、間違って玄関から入ったって、そのまま暮らせるじゃない」

なんて、元も子もないことを訊いてしまう。

「そりゃそうだわね」

遼子の、子供みたいな屁理屈を、祖母は笑いながら受け止めた。

「けど、なにかこう、よくないことになるっていうのも聞いたことがあるよ。居場所が定まらないと、魂がふらふらしてしまうからね」

だとしても、祖母もそんな細かいことはどうでもいいのだろう。路也が大きなサラダボウルを持ってくると、関心はすぐそちらに移った。

「これ、なんて野菜だね？」

「ビーツです。茎が赤くてきれいでしょう？　ベビーリーフっていう、まだ芽生えたばかりの葉を集めたサラダなんで、ほうれん草、水菜、ルッコラ……、いろんな野菜が食べられて、ビタミンもたっぷりですよ」

「ほうほう」

祖母は大きく頷いているが、わかっているのかいないのか。

「これも売るの？」

遼子が問う。

「まだいろんな種類を試してるところだけどね」

「畑はあせらないことだよ。何十年も、何百年も前から、ここでみんな食べてきたんだ。耕せば、生きていけるよ」

祖母の心強い言葉に、路也は深く頷いていた。

あせらない、その言葉は遼子にも突き刺さる。思えばずっと、何かに追い立てられているかのようだったけれど、今は不思議と肩の力が抜けている。仕事も子育てもきちんとしなければいけないとか、夫が無職だなんて情けないとか、無駄遣いはやめて貯蓄しなければ、計画的に家を買わなければ、とすべてを予定通りにこなそうとして、自分自身も家族も縛っていた。家族を一番に考えてきたつもりだったけれど、路也の気持ちを考えられなかったのだから、家族のためだなんておこがましい。遼子だって、自分を優先してきたのだ。

路也は窮屈だったことだろう。いつからそんなふうに、あせりながら生きてきたのだろうか。よくないことが起こるのは、魂がふらふらしてしまうから。祖母の言葉が頭に浮かぶと同時に、遼子はふと気になった。友梨をここにあずけたころ、自宅と職場と路也が入院している病院、拓也をあずけた保育園、それにこの祖母の家を何度も行き来しながら、あわただしく縁側から出入りしたことはなかっただろうか。もしかすると、縁側から出たまま、自宅へ帰ってきたこともあったかもしれない。だとしたら、遼子はずっと曖昧な領域にいて、いろんなことがうまくいかなくなってしまったのではないのか。

路也とすれ違っていったことの原因を、そんな縁起担ぎに求めてしまう。

それなら修復するのは簡単だ。もう一度縁側から出て、縁側から戻ればいい、と考え、遼子はひとり苦笑いする。

「さあさ、早く食べようよ」

子供たちもすでに食卓についている。そろって「いただきます」と言うようになったのは、ここへ来てからだ。祖母が音頭を取るから、子供たちも逆らえないものがあるようだ。

もしかしたら子供たちにとって、〝ひいおばあちゃん〟という存在は、親や祖父母以上に敬うべき、何かとくべつな感覚があるのかもしれない。

生きているものの、ご先祖さまに少しだけ近いのだから。

「あ、このトマト、おいしい。カプレーゼに合うね」

遼子は自然にそう口にしている。以前は路也に、食事をつくるより働いてほしくて、彼の手料理を純粋に楽しめなかった。

「お母さん、トマト好きだもんな。それに、お父さんがつくったトマトだし」

ハンバーグをほおばる拓也は、無邪気で上機嫌だ。

「だろ？　これ、ジュースにしてもおいしいんだよ」

路也がトマト作りをメインにしたのは、祖父母から受け継いだ設備やノウハウがあったからというだけではないのかもしれない。

遼子はトマトが好きで、よく買っていたけれど、祖母のところで食べたものが一番おいしかったと話したことがある。ジュースも好きだけれど、市販のは味が違うからあまり飲まなかった。路也はおぼえていたのだ。

「友梨は、カボチャが好きだったよな？」

路也は話しかけるが、友梨は「べつに」と感じが悪い。

「拓也はパプリカか」

つくってくれるの？　と拓也は身を乗り出す。友梨はおかわりを自分でよそいに立ち上がる。

「姉ちゃん、食べすぎじゃん」

拓也は、しっかり盛られた友梨の茶碗を覗き込む。

「うるさいなあ。学校まで遠いもん、体力いるの」

「ふうん、前はダイエットだって言って残してばっかだったのに」

「友梨は太ってないのにな」

路也が言うと、友梨は眉をひそめる。そういう体のことも、父親が口にするのはいやなのだから面倒くさい。

「おれは、体重増えてほしいけどなあ」

「あんたはチビだから、背が伸びなきゃ無理よ」

「拓也はこれから伸びるよ」

「そうね、お父さんくらいにはなるわ」

「そしたらモテるかな」

「お父さん、モテたの？」

「お母さんにはね」

さらりと路也が言うから、遼子はどきりとした。そんなことを言う人だっただろうか。ああでも、そうだったかもしれない。軽やかに、いろんなことを話してくれる人だった。自分の家族のこと、好きなこと、苦手なこと。人をほめることも得意だったし、質問すれば熱心に答えてくれたのに。

遼子は、ガラス戸の向こうにある縁側に、何気なく目をやった。

＊

朝、路也のまぶたは一段と腫れていた。市販の薬はあまり効かなかったようだ。

「今日は月曜だし、病院開いてるだろうから、行ってくるよ」

「うん、そのほうがいいね。すぐそこの鈴木医院でしょ？」

「ああ、おばあちゃんおすすめの。何でも診てくれるんだって」

友梨はもう朝ご飯を食べ終えて、路也がつくった弁当をあわただしくカバンに詰め込んでいる。

拓也はまだ起き出してきたばかりだ。

「早く治してよ。うつったらいやだから」

うつらない、というのに、友梨はまだ不安らしい。

「あたしがお地蔵さんにお参りしておくよ」

祖母にとって、身近なお地蔵さんは、何でも聞いてくれるものなのだ。

遼子も急いで支度をし、仕事に出かける。ガレージから車を出そうとしていると、路也が駆け寄ってきた。

「忘れ物」

カードケースをポケットに入れ直そうとして、出しっぱなしにしていたようだ。受け取って、

「いってきます」とめずらしくちゃんと言うと、「いってらっしゃい」と路也が答えた。

手を振る彼の姿が、バックミラーに映る。足元が、くたびれたスニーカーだ。いつも縁側に置いている靴だから、あわてて縁側から出てきたのだろう。

ずいぶんと日が短くなった。定時で仕事を終えると、家へ帰るころにはすっかり暗くなっている。車をガレージに駐め、遼子が家の中へ入っていくと、祖母がひとりで台所に立っていた。

「ただいま、おばあちゃん。あれ？　お父さんは？」

「路也さん、まだ帰らないよ。医者へ行ったんだけどね」

「いつ出かけたの？」

「夕方だよ」

だったら混雑しているのだろうか。

「大町まで行くって言ってたからね。ほら、鈴木医院より、ちゃんとした眼科のほうがいいんじゃないかって」

「大町の眼科？」

「遼ちゃん、お医者さんの名刺置いてただろ？　あれ、路也さんのためじゃないのかい？　あたし、そう思って渡しといたんだけど」

大町の、木内眼科だ。香代にもらった直史の名刺は、カードケースに入れたはずだったけれど、たぶん今朝、カードケースを出したときに落ちたのだ。そのまま置き忘れていたケースを路也が届けてくれたが、直史の名刺には気づかず、祖母が拾ったのだろう。

「じゃあ大町へ自転車で行ったの？」

路也の車はガレージにあったが、そういえば自転車がなかったような気がする。だとしても、三十分もあれば行けるのだから問題はないが、遼子は落ち着かなかった。

直史のことをもちろん路也は知らないが、直史のほうは、住所や名字で遼子の夫だと気づくのではないか。同級生だったことや、元彼だったことを話すだろうか。だからって、何の問題もないのだけれど、なんとなく落ち着かない。

ふと気になって、居間から縁側を覗く。路也の、くたびれたスニーカーがない。

「ねえ、お父さん、縁側から出ていったの？」

祖母はわからないらしく、首をひねった。

「路也さん、そんなこと気にしないだろ」

「だけど、縁起悪いっておばあちゃんが言うから」

「遼ちゃんも、馬鹿馬鹿しい迷信だって、昔からしょっちゅう縁側を出入りしてたくせに」

「出入りしてた？　ここに友梨をあずけたときも？」

「ああ、友ちゃんが小さいときだろ？　ガレージに近いからって、荷物はそこから出し入れしてたしね」

やっぱり、縁側から出たまま自宅へ戻ってしまったことがあるのだろうか。それから遼子の魂は、ずっと居場所が定まらないままふらふらしているのではないか。路也とも子供たちとも、ほんの少しずれた世界にいて、彼らと本当に触れ合えていないのだ。考え出すと急に不安になってくる。どうしよう。あれから路也のことがわからなくなって、すれ違ってしまったのだとしたら。

それに、路也も縁側から出ていった。道に迷ったりしていないだろうか。

あわてて携帯を取り出し、路也にかける。コール音が繰り返されるが出る気配がない。病院だからマナーモードにしていて、気づかないのかもしれないけれど、胸騒ぎはおさまらなかった。

「おばあちゃん、わたし、ちょっと迎えに行ってくるね」

言うと、遼子は縁側から外へ出る。そこにあったスリッポンを履いて、ガレージの車に乗り込む。

縁側から出た路也には、縁側から出ないと会えないような気がした。たぶん遼子自身も、もう一度縁側を行き来しなければ、元の世界に戻れないのだから。


直史の家、木内眼科には、以前に何度か行ったことがある。建物も看板も昔と変わらず、変わったのは、かつて植え込みだった場所にスロープができているくらいだ。なつかしさにひたる余裕もなく、もうすぐ診察時間が終わりそうだと気づいて駆け込むが、待合室には誰もいなかった。青白い蛍光灯だけが、やけにくっきりと室内を照らし出しているのに、路也の姿もないし、受付の人も見当たらなくて、静まりかえっている。静寂を際立たせるように、虫の音だけが耳をかすめる。ここはちゃんと現実の世界なのかと、遼子は奇妙な感覚に包まれていた。

もう一度、路也の携帯に電話をしてみる。やっぱり出ない。あきらめて切ろうとしたとき、虫の音に紛れるように、かすかに着信音が聞こえてくるのに気がついた。それも、路也の携帯の着信音と同じだ。

音をたどって、遼子は外へ出る。木内眼科は住居と一体で、音はそちらのほうから聞こえてきている。医院の入り口の横には植え込みの切れ目があり、そこから庭へ入っていけるのを、遼子は知っている。

きれいに芝生を敷き詰めた庭は、明かりの灯った掃き出し窓に面していた。コンクリート造りの家屋は、周辺の木造民家とは違い、屋根が平らな洋風の建物だ。当時から、立派な家だと思っていたが、今も昔と変わらず、大きなサッシの向こう側には、ショールームみたいに豪華な応接セットが並んでいる。サッシは少し開いていて、レースのカーテンが風に揺らめく。

着信音は、あきらかに家の中から聞こえていた。

この庭から、家の中へ何度か入ったことがある。玄関より頻繁に、仲間たちとここから直史の部屋へ上がっていたのだから、縁側から出入りしていたことになる。

彼の妻が、ここから出ていったという話を思い浮かべながら、遼子はそっと近づく。近づいてはいけないような気がするのはどうしてだろう。もしもここから入ったら、家へ帰れなくなる、なんてあり得ないのに考えてしまう。

「……お母さん?」

そのとき、子供の声が聞こえ、驚いた遼子は電話を切った。レースのカーテンの向こうに、子供の影がある。はっきりと顔が見えないのに、じっとこちらを見ているのを感じる。

「お母さんなの?」

もう一度その子は、不安そうに言った。遼子はまるで、自分がこの家の〝お母さん〟と入れ替わってしまったかのようで戸惑う。黙っていると、子供はぱっと背を向け、逃げるようにいなくなった。

「誰かいるのか？」

入れ替わりに現れた直史が、こちらを見る。カーテンが風でめくれ、はっきりと目が合うが、その目に映る自分がちゃんと自分なのか、遼子は急にわからなくなって突っ立っていた。

「ああ、遼か」

ほっとしたものの、まだ疑問がまとわりついている。路也の携帯電話が家の中にあるのも、突然遼子が来たことに直史が驚いていない様子なのも、いったいどういうことだろう。けれど、何から話していいかわからない。

「あの、携帯鳴ってて……」

やっとのことで口を開く。

「そうそう、鳴ってるから見に来たんだ。あ、もしかしてきみがかけた？」

世界がねじれている。路也の携帯にかけたのに、直史の電話が鳴っていた？　まさかそんなこと。だったら路也は、いったいどこにいるのだろう。

「そんなとこ突っ立ってないで、入れよ」

つきあっていたころと同じように、彼はそう言った。

「え、でも……。診察は？」

「そろそろ診察時間は終わりだけど、もし駆け込みで患者さんが来たら、事務の人が呼んでくれる」

「受付に誰もいなかったけど」

「トイレでも行ってたんじゃない？」

遼子が中へ入ろうとしないからか、直史はレースのカーテンとサッシを大きく開けた。

「わたし、主人を迎えに来たの。ここへ来たでしょう？　吉住路也って人」

まだ釈然としなくて、家へ上がるのは躊躇《ちゅうちょ》した遼子は、急いでそう言う。

「ああ、ご主人が忘れていった携帯、取りに来たんだろう？」

「えっ、忘れた？」

「違うの？」

一気に現実に戻る。ここにあるのは、路也が忘れていった携帯だ。直史にとっては、取りに来たのが路也でなく、遼子だったというだけだ。でも、どうして直史は、医院ではなく自宅であずかってくれているのだろう。

「吉住さん、パソコンに詳しいから助かったよ。医院のパソコンじゃなくて自分のだからよかったけど、うっかりウィルスにやられて。困ってたら除去してくれたんだ」

「……それで、家の中に携帯忘れて帰っちゃったの？」

「うん、気づいたら取りに来るかなと思って、とりあえず待ってた。遼子の家の電話番号わからないし」

「そっか……。あ、いつごろ帰った？」

「一時間ちょっと前かな。何、心配で迎えに来たんだ？　ものもらいは軽いものだったし、そのうち治るよ」

遼子はほっと息をつく。同時に、過保護みたいで気恥ずかしくもなる。

「ありがと。でも道に迷ってるかも。あの人、このへんはまだ不慣れだから」

「そういえば、ホームセンターに寄るって言ってたな」

「ホント？　行ってみるよ」

リビングのドアの隙間から、男の子が覗き込んでいる。遼子をじっと見ているのは、さっきの子だ。

「おい、挨拶しなさい。お父さんの友達だよ」

直史が気づいて声をかけると、少年はまた駆け出していった。

「ごめん、さっき母親と勘違いしたみたいだったな」

あの子は、縁側から出ていく母親を見ていたのだろうか。いつか縁側から帰ってくると思っているのかもしれない。

「ううん、こっちこそ勝手に庭へ入っちゃったから。……驚かせちゃったのよね」

「大丈夫、気にしないでくれ」

「お子さん、何年生？」

「ああ、四年生」

「へえ、背が高いね。うちの子、今年から中学だけど、小柄で。小さいころ体が弱かったからかな。

ちゃんと背が伸びるかしら」

「遼子は昔から心配性だな」

そうだっただろうか。いや、心配性というよりも、予想外のことに弱いのだ。思いがけないこと、それも悪いことが起こったら、どうしていいかわからないから、正常に戻ってほしいと心配してしまう。男の子なのに小さくてか弱い拓也にも、仕事を辞めた路也にも、人並みを望んでばかりだった。

「でも、心配できる家族がいるのはいいよ」

「そうだね、直史くんも」

彼は微笑む。満足しているときの微笑みだ。思いがけないことを、彼も乗り越えてきた。みんな、いろんな壁にぶつかってきているのだから、人並みなんて、どこにもない。

「帰らなきゃ。主人もそろそろ帰ってるかもしれないし」

「そうだな。じゃ、携帯……、取ってくるよ」

さっき、遼子に入るよう促したのは、つい昔の習慣が出てしまったのだろう。ここは、いつでも気軽に上がっていい家だった。誰もが縁側から出入りして、リビングに直史の母親がいれば挨拶しつつ、彼の部屋で宿題をしたり漫画を回し読みしたりゲームをしたりした。

縁側から出入りするときは、他人の家だというかしこまった意識はない。友達の家、親戚の家、気安い関係なら、縁側から縁側へ行き来するのはよくあることだ。そうしている限り子供たちは、外の世界から守られていたのかもしれない。危険のある外の世界に触れることなく、近所や友達の家を自由に行き来した。たぶん、親しい家の縁側へ向かう限り、道に迷うことはないし、完全に外に出てしまうわけでもなく、内から内へと移動できるのだ。花嫁もかつては、外に触れないよう、汚れのないまま新居に入れるよう、そうやって家を移っていたのではないだろうか。

縁側の縁は、居場所を断ち切るのもつながり続けるのも、きっと自分しだいなのだ。

遼子はもう、子供でも花嫁でもないから、直史の家は他人の家だ。路也を見つけるために、自分の家の縁側を出てきたなら、目的の方向にだけ縁側の道は続いている。

路也の携帯を受け取って、遼子は直史の家の庭を出る。医院へ駆け込んでいく人とすれ違うと、その人が開けたドアの向こうに、ちゃんと受付の人がいるのが見えた。

＊

「何の苗？」

背後から覗き込むと、びっくりした顔で路也は振り返った。

ホームセンターは、この辺りでは一番大きな店舗で、農作業の道具や種苗《しゅびょう》もたくさん売っている。駐車場に面した種苗売り場へ近づいていくと、案の定、路也がしゃがみ込んでいるのがすぐにわかった。

「うわっ、ほんとに来た」

「何よ、ほんとにって」

眼帯をした顔が、痛々しいというよりは見慣れなくて、どういうわけかいつもより少し男前に見えてくる。

「遼子が車で来てくれたら、これとこれ買えるのになって考えてたんだ」

遼子もしゃがみ込んで、青々とした苗を覗き込む。箱にはそれぞれ、「カボチャ」と「パプリカ」とある。友梨と拓也の好きな野菜だ。季節をずらしての栽培も試してみるつもりなのだろうけれど、自転車で持ち帰るのは難しいと悩んでいたのだろう。

「携帯で呼べばいいのに」

「あ、そうか」

とポケットをさぐるが、携帯がないことに、今やっと気づいたらしい。遼子は彼の目の前に携帯電話を差し出した。

「えっ、どうして？」

「あなたが遅いから、迎えに行ったんだよ。木内眼科に忘れたでしょ？　パソコン直してもらって助かったって言ってた」

「そうなんだ、忘れてたのか。ありがとう」

説明してもまだ、路也は不思議そうな顔をしていた。

「縁って、不思議だなあ」

そんなことを唐突につぶやく。

「何の縁？」

「遼子の実家で暮らして、遼子の同級生にものもらいを診てもらって、遼子のご先祖が耕したところをおれが耕してるって縁」

「そう言われると、不思議かもね」

「きみと結婚したから、ここにいるんだ。不思議だよ」

相手が違えば、全く違う人生があったのだ。

「あなたが農業をやりたいって言ったからよ」

「それを受け入れてくれて、感謝してるんだ。ここで農業はじめられてよかった。ひとりじゃなくて……、家族でいっしょにいられて、みんなが食べたいものをつくれるんだから」

カボチャとパプリカと、そしてトマト。路也の、農業をしたいという思いを受け入れたことよりも、もしかしたら彼ひとりを遠くへ行かせなかったことが、大きな分岐点だったのかもしれない。自分たちの縁はまだつながっていたから、かろうじてそこで、遼子は間違えずに済んだのではないだろうか。

「感謝するのは早いよ。一人前になってからでいいから」

照れ隠しに、つい厳しいことを言ってしまう。でももう、路也は悲しい顔をすることはない。にっこり笑うと、いそいそと店員を呼んで苗を箱ごと購入し、パーキングの車へ運ぶ。遼子も手伝う。それから路也が乗ってきた自転車も積み込んでしまうと、彼を助手席に乗せ、遼子がハンドルを握った。軽自動車ながら、収納力のあるミニバンは便利だ。

「ねえ、いつから農業のこと考えてたの?」

今ごろ、そんな基本的なことを訊く遼子は、やっと、彼の夢に興味を持っている。遅いけれど、遅すぎることはないはずだ。

「結婚する前から、かな」

「え、本当？　じゃ、もともと農業がやりたかったの？」

「学生のころ、バイトやボランティアで、よく農家へ行ってたんだ。だけど、本気でやれるとは思ってなかった。ちょっと手伝っただけじゃわからない、大変な仕事だろうし、あのころは覚悟なんてできなかったから。やっぱり会社員が安泰だし、周囲も就職活動が当然で、親にもそれを期待されてたし、自分だけはみ出す勇気もなかったんだ」

それでもずっと、あこがれの気持ちはくすぶっていたのだろう。

踏み出す機会は、何度かあったかもしれない。でもたぶん、その都度彼はあきらめた。結婚するから、子供が生まれるから、ふたり目が生まれるから、拓也の体が弱くてお金も手もかかるから。いろんな理由で、見送ってきたのではないか。

それでもやがて決意した。それがいつだったのか、遼子は知らない。会社を辞めてからは、家のことをきちんとやってくれていたけれど、再就職には身が入らないまま、遼子には何も話してくれなかった。

「あなたが、駅の階段から落ちたことあったでしょ。それで入院して、友梨をおばあちゃんにあずけて」

飲み会の帰り、駅の階段で足を滑らせた路也は、骨折でしばらく入院した。もともとお酒には弱く、飲みすぎることもなかったから、酔っ払ったところなんて遼子は見たことがなかったのに、どうして酔うほど飲んだのか、疑問に思いながらも訊かなかった。

「あのときわたし、動揺したの。ほら、何でも計画的に進めたい性格だから、予想外のことが起きると、弱いのよね」

路也の怪我の心配より、小さい子供たちの世話と仕事と、どうすればいいのかと頭がいっぱいになっていた。でもたぶん、あのころから彼は、会社で横暴な上司のターゲットになりつつあったのだ。そうして、長期間仕事を休んだこともあって、重要なプロジェクトから外され、しだいに窓際へ追いやられていった。

それでも彼は限界まで、黙って会社にしがみついていた。家族のために。

「動揺させてばかりだったよな。突然、会社辞めたときも」

一番近くにいても、遼子は彼と別の世界にいたようなものだ。立つ場所を違えたまま、路也がだんだん疲れ、無口になっていくのを黙って見ていた。

「うん、もうどうしていいかわからなかった。……あなたもそうだったんだよね」

路也も遼子も、愚痴や弱音を閉じ込めてしまうところがよく似ていた。

「ちゃんと話せてなかった。自分でも、どう話していいかわからなくて、何を言ってもわがままだとしか思えないだろうなって」

「わたし、信用されてなかったね」

「ごめん」

「ううん、わたしもあやまらなきゃ」

信じるのを、忘れていたから。

弱った心が道に迷う、正しい道がわからないと、正しい選択ができなくなる。でももう、家はすぐ近くだ。角を曲がると、その先に家の明かりが見えてくる。門に灯る、やわらかな明かりだ。

ガレージに車を入れると、庭に続く扉が開けっぱなしになっていて、居間の団らんも縁側越しに丸見えになっている。無防備に拓也が畳に寝そべり、祖母がきびきびと夕食の配膳をしている。エンジンを切って、遼子がしばし眺めていると、路也も同じように家の中に見入っていた。

「ただいま」

遼子がつぶやくと、声が重なる。隣で路也も同じことをつぶやいている。

外から眺めると、縁側の内側は暗い外とは別世界だ。あたたかく安全な場所が、軒下に張り出した板の廊下の向こう側にある。日本家屋独特の、大きく開放された建物は、もともと内と外とが曖昧なのだ。だからこそ自分の中で境界を意識して、自分がいる場所、向かう場所、帰る場所を、自覚する必要があったのだろうか。

路也は今、遼子と同じ世界にいる。ふたりとも、縁側から出た世界にいるから、お互いがちゃんと見えている。こんなふうに、遼子は路也と同じ世界を、共有していたかったのだ。

他人の目も将来の計画も関係ない、これまでもこれからも、遼子にとって路也は、ただ大事な人だから。

「家、入ろうか」

路也が言う。

「うん」

ふたりで縁側へ向かう。ガラス戸を開くと、居間にいた祖母が振り返り、「おかえり」といつものように言う。

「ご飯できたところだよ」

「ほんと？　遅くなっちゃったね」

「友ちゃんといっしょにつくったんだ」

座卓には、煮物とチキンライスが並んでいる。

「友梨が手伝ったの？　へえ、おいしそうじゃない」

当の友梨は台所にいて、ほめても無関心を装っているが、横顔はかすかに笑っている。トマトを切っている娘の横に立ち、遼子は一口つまみ食いをする。

「うん、これお父さんのトマトね」

「うちにはそれしかないじゃん」

ぶっきらぼうに言いつつも、友梨は戸棚からレジ袋に入ったものを取り出す。ドラッグストアのレジ袋だ。

「お父さんに渡しといて」

「何？　これ？」

中身は、シャンプーだ。いい匂いだと路也が使ってしまったのと同じものを、また買ってきたらしい。

「ものもらいって、誰かに何かもらうと治るんだって」

友梨はまた、トマトに向き合いながら言った。

「えっ、本当？　それで、ものもらいっていうの？」

「わたしは違う香りのを使うから」

父親を毛嫌いしているようでいて、ものもらいを治すおまじないを実行するのだ。かわいいではないか。遼子はつい意地悪したくなり、「自分で渡せばいいのに」と言ってみる。友梨はぷいと横を向いてしまう。

「何かもらうと治るって、ひいおばあちゃんに聞いたの？」

「違うよ、友達」

「そんなことよく知ってるね。同級生でしょ？」

「その子、いろんな本読んでて、物知りなの」

友梨がちょっと得意げで、気恥ずかしそうなのが、遼子には微笑ましかった。

路也は、洗面所で手を洗っている。祖母は仏壇にご飯を供え、手を合わせる。拓也は煮物をつまみ食いしている。

縁側も、ものもらいも、不思議な言い伝えがまとわりついて、恐ろしくも滑稽で、奥深いような無意味なような、複雑なイメージで語りかけてくる。不合理なことなのに、ときには寄りかかってみたくなるのはどうしてだろう。

結婚も仕事も、自分で選んだのだから自分の責任だ。うまくいかないのも自分のせいだからと、背負い込んでつらくなるばかりだったけれど、ここにいると、物事は目に見えない世界と密接につながっていて、自分ではどうにもならないことがたくさんあるんだと感じられる。力が抜ける。

神か魔か、人知れぬ何かがすぐそばにいて、じっとこちらを窺っている。縁側から出ていったから、トイレ掃除を怠けたから、夜に靴をおろしたから、それはもう、人のあずかり知らぬ世界の理屈だ。よいものも悪いものもうごめいている中、そういう巡り合わせなのだと思うしかないから、自分の責任でもなく、誰のせいでもない。だとしたら、救われることもあるのだろう。

「遼ちゃん、カーテン閉めようか。夜はちょっと寒くなったからねえ」

遼子は廊下に出て、ガラス戸のカーテンを引く。都会とは違い、外は真っ暗だ。庭もガレージも闇に包まれて、縁側だけが部屋からもれる光にぼんやり浮かび上がっている。家の中から外へ、ほんの少しはみ出した場所は、居所と闇との、まさに境界だ。

境界だから、遠く離れた縁とつながることもあるのだろう。

第三話

猫を配る

猫の集会を覗いたことがある。六、七歳くらいのころだ。家で飼っていたミケが、毎日決まった時間に出かけていくので、ある日そっと後をついていくと、空き地に猫が集まっていた。飼い猫もいれば野良猫もいたのだろう。中に一匹、ほかの猫より一回り大きなヤツがいた。真っ白な後ろ姿に、目を惹きつけられたが、そいつの、ゆらゆらゆれる立派な尻尾を見ていたら、なんだか急に不安になった。覗き見してはいけないのではないか、と。

猫の親玉みたいに、集まった猫をブロック塀の上から見下ろし、まるで何か指図しているみたいだった。あれは、本当に猫だったのだろうか？

＊

むしゃくしゃする。どいつもこいつも、むかつくんだよ。不機嫌に眉をひそめて廊下を歩けば、みんなが左右によける。杉原武《すぎはらたける》は、目を合わせようともしない周囲をにらみつける。教室へ入っても同じだ。ほとんどのクラスメイトは、関わりたくないとばかりに無視を決め込む。寄ってくるのは、いつも取り巻きにしている数人だけだ。

「おい、買えたか？」

ぶっきらぼうに言うと、クラスメイトのひとりが機嫌を取るかのように、ピースサインを出した。

「チョコサンド、すぐ売り切れるからな。ま、おれにかかればチョロいもんだよ」

誇らしげに言いながら彼が差し出すパンを、武はさっさと取り上げ、袋を破ってかぶりつく。購買部で人気のチョコサンドは、いつもあっという間に売り切れてしまうため、列に並んでも買えないことも多い。買ってこいと武が言えば、取り巻きが列に並ぶが、今日は出遅れたからか、おとなしいクラスメイトから取り上げていた。

かまうものか、武がやったわけじゃない。

パン代をちょっと多めに渡しただけで、尻尾を振って何でもするような仲間たちを、武は軽蔑している。なのにつるんでいるのは、武にはそんな奴らしか寄ってこないからだ。

一年のくせに生意気だ、なんて言う上級生も、入学して数か月もすればいなくなった。武は体格がよく、ケンカも負けたことがないが、もちろんそれだけじゃない。親が市議会議員だというだけで、面倒を避けるように威張った上級生も無視を決め込んだようだ。

とはいえ、武が通う中学は、市内でものんびりした田舎で、学区も狭い。子供たちも市街地にくらべのんびりしているし、問題児たち、といってもしかやんちゃはできない。そんな学校内で、武は要するに、腫れ物扱いされているといったところなのだ。

それにしたって、イライラすることばかりだ。そのうえ今日は、自転車で走っている最中にタイヤがパンクした。苛立ち紛れに仲間に電話し、自転車を貸せと呼び出す。どこにいるのかと訊かれたが、一瞬返答に迷ってしまった。ここは学区内でもとくに外れのほうだ。田畑と川と民家のあいだに、目立つ建物もない。用もないのに武が来る場所ではないから、なんでそんなところにいるんだと訊かれたらどう答えよう。

いや、訊かれたって、なんで答えなきゃいけないんだ？

「神社だよ、稲荷神社！」

乱暴に言って通話を切ると、石段の下でため息をついた。

社《やしろ》へ続く長い石段を登る気になったのは、猫がいたからだ。茶色で、尻尾の先の白い猫が、石段を上のほうへ駆けていくのがちらりと見え、武は自転車を置いたまま急いで後を追った。

「ゴン！」

呼んでみるが、猫は鳥居の向こうに消える。上まで駆け上がったが、境内には動くものの気配はもうなかった。

周囲の森へ入ってしまったのだろうか。それとも社の床下かどこかに隠れたのかもしれない。でも、本当にゴンなら逃げたりせず、武に寄ってきてくれたはずなのだから、きっと別の猫だったのだ。

念のため、社の裏も確かめようと回り込むと、少年がひとり、灯籠の前にしゃがみ込んでいた。カメラを構えて、写真を撮っているようだったが、武はその子に見覚えがあった。夏休み明けに転校してきたクラスメイトだ。

「なんだ、転校生じゃないか」

「あ、ええと……、同じクラスの」

振り返った少年は、戸惑いを浮かべる。武の名前をおぼえていないらしい。目立っているはずなのに、となんだかむかつく。武だって転校生の名前をおぼえていないのにだ。

「何撮ってるんだ。見せろよ」

「無理だよ」

「は？　おれに逆らうのか？」

「そうじゃなくて、これ、フィルムカメラだから、デジカメみたいに見せられないんだ。あ、でも、前に撮った写真ならあるよ」

言うと彼は、背中のリュックをおろし、フォトブックを取り出す。興味はないが、見せろと言った手前、武は受け取ってパラパラめくった。

「おれさ、写真部に入ってるんだ。きみは？　家、この近くなのか？　お稲荷さんにお参りに来たの？」

ふつうに話しかけてくる。背が低く、ひょろりとした細さも小学生並みなのに、武がにらんでもひるまない。取り立てて警戒する様子もなく、ただクラスメイトに会っただけ、といった態度だ。

「まだみんなのこと、名前とかおぼえきれてなくて。あ、おれは吉住拓也」

武は面倒くさくて答えなかった。それよりも、フォトブックの写真に目をとめる。田んぼのあぜ道で猫を撮ったものだ。

「おい、この猫……」

「猫？　ああ、ミミだよ」

「違う、ゴンだ」

武の家からいなくなった猫に間違いない。

「きみの家の猫？　ふうん、人なつっこいけど野良猫かと思ってた。何度か見かけたから、ミミって呼んでたんだ。ほら、耳が大きくてとんがってるだろ？」

「間違いない。茶色で、こんな狐顔だ」

「あっ、『ごん狐』かあ。それでゴンなんだ。でもあれ、悲しい物語だったよね」

そうだっけ、と思う武は、タイトルしかおぼえていない。そんなことはどうでもいい。

「これ、どこだ？　ゴンのやつ、いなくなったんだ」

「ああ、それでお稲荷さんにお参りに来たのか。ミミは狐に似てるし、お稲荷さんなら見つけてくれるかもね」

「たまたま通りかかっただけだ」

「でも、お稲荷さんは猫の元締めなんだろ？　ひいおばあちゃんがそう言ってた。猫を飼いたいときはお稲荷さんに頼めば連れてきてくれるんだって。迷子になった猫だって、お稲荷さんなら連れ戻してくれるって……」

神頼みなんて当てになるか、と武は聞き流す。

「それより教えろよ。どこでゴンを見かけたんだ？」

「和島酒造の近く。でも、一月《ひとつき》くらい前だよ」

武がゴンを拾ったのもそのころだ。とすると、写真は武のところに来る前に撮られたものだということになる。最近いなくなったゴンが、まだそこにいるとは思えない。が、念のために確かめておくべきか。

「行くの？　だったらおれもさがすよ。ミミのこと、見かけなくなったなって気になってたんだ」

「ゴンだ」

武はフォトブックを無造作に返し、歩き出す。転校生も、その場から立ち上がった。石段を下りきったところに自転車が止めてあるが、呼びつけた仲間はまだ来ていないようだった。いや、たぶん来ないつもりだ。電話したとき渋っていたし、自転車を貸したら、武のパンクした自転車を引いて帰ることになるのに来るはずがない。わかっていて、そんな無茶を言いつけたくなるのはどうしてだろう。

あいつらだって、本当は武のことを軽蔑している。つるんでいるのは、損得勘定の上であって、本当は友達なんかじゃない。

「あっ、自転車、パンクしてるじゃん」

転校生が、気づいたらしく武の自転車を覗き込んだ。そうだ、こいつがいるじゃないか。

「なあ、おまえの自転車貸せよ。これと交換だ」

え、と言って彼は考え込む。困ればいい。無茶を言うやつだと知って、怖がればいい。

「いやだってのか？」

にらみをきかせる。どうせ武は嫌われ者だ。チビの転校生なんかに親しげにされたくない。

「そうじゃなくてさ、おれの家近くだし、パンクくらいならお父さんが直せると思うんだ。それから、ミミ、いやゴンをさがしに行こうよ」

何なんだ、こいつは。想像していない展開に、武はどうしていいかわからなくなった。

吉住拓也は、どう見ても武にはぜったいに近寄ってこないタイプだ。まじめそうだし、座席も一番前のチビだし、目立ちたがっているようでもない。出来の悪い生徒にお節介を焼く優等生という雰囲気でもない。なのに、ごくふつうのクラスメイトに接する態度だ。

武の評判はすでに学校中に知れ渡っていて、むやみに近づこうとする生徒はいない。武にくっついているのは、周囲に威張りたいだけの落ちこぼればかりだし、武自身もそうだ。

転校生だとはいえ、二か月も経てばそろそろ校内の空気くらいわかっているだろうに。それともよほど鈍感なのだろうか。

「さ、行こうよ」

しかし、自転車がパンクしているのだから仕方がない。言い訳のように考えながら、武は転校生に促され、自転車を引きながら歩き出した。

転校生の家は、五分くらい歩いた場所だった。父親は納屋の前で収穫したトマトを仕分けしていて、武の自転車を少し調べると、すぐに直るよとやさしく言った。

うちの父親とは全然違う、と武は思う。親切だし穏やかな雰囲気だし、人前で怒鳴り散らしたり、えらそうにしたりなんて、けっしてしないのだろう。でも、怒られても怖くなさそうだから、言うことを聞かないかもな、なんて思ってしまう。

「拓也の友達？」

父親が問うと、転校生が答える。

「同じクラスの、ええと」

「……杉原武」

「杉原くん、中一なのか。三年生かと思うくらい大きいね」

転校生が小柄すぎるのではないか。黙って頷いただけの武は、無愛想な子供だと思われただろうが、父親は楽しそうな様子でテキパキ動く。

「杉原くん、トマト食べる？」

ようやく名乗った武の名前を、拓也は呼ぶ。くん付けだなんて、小学校も低学年以来ではないだろうかとムズムズするが、喉が渇いていることに気づき、まるごと差し出されたトマトにかぶりついた。うまい、と勝手に言葉がこぼれると、拓也とその父親はそっくりな笑顔を並べる。

縁側に座ってトマトを食べているあいだに、パンクの修理は終わっていた。

「じゃ、行こうか」

明るく言って、拓也は弾むように縁側からおりる。武はのろのろとついていく。早くゴンを見つけたいけれど、見つけてももう飼えないのに。何がしたいのか、急にわからなくなってきていた。

自転車であぜ道にさしかかったとき、武は急にブレーキをかけ、向きを変える。

「おれ、やっぱ帰る」

「えっ、ゴンをさがさないの？」

「もういいや、べつに」

拓也はあっけにとられていたが、武はそのまま走り去った。

＊

自転車を貸せって言ったのに、なんで来なかったんだよ。武が詰め寄ると、ぶつぶつとそいつは言い訳をつぶやいた。兄がちょうど自転車を使っていたとか、母親に携帯を取り上げられて連絡できなかったとか、誰でも考えつきそうなうそばかりだ。ふざけ半分にプロレス技をかけて、半泣きになったところで解放してやった。

彼らが陰で武の悪口を言っているのは知っている。いやなら友達のふりなんてしなきゃいいのに、上級生ににらまれたら頼ってくる。結局は武も、ひとりになりたくないからつるんでいる。

誰も信用していないから、使い走りにしたり罵ったりと悪循環だ。昔から、口が悪かったり乱暴だったりで、武は問題児だったけれど、友達はいた。自然に仲良くできたのに、誰のことも信用できなくなった。どうせ自分は誰にも好かれない、それが確固とした事実のように武を覆っていて、卑屈になってしまう。

苛立ちがおさまらず、大股で廊下を歩く。

「杉原くん」

生徒たちがみんな左右によけていく中、武を呼ぶ声があった。振り返ると、ドアから廊下に顔を出して、拓也が手招きしていた。

彼がいるのは写真部の部室だ。武にとっては未知の場所だが、もちろん恐れるものなどない。肩をいからせて入っていくと、狭い部屋には拓也ひとりしかいなかった。四方を囲む棚は、わけのわからないもので埋まっているし、壁から壁へ張り巡らされた紐には、洗濯物みたいに写真が吊り下げられていた。

「何だよ」

「ねえ見てよ。ゴンのチラシつくったんだ」

彼が机に置いたのは、〝猫をさがしています〟というチラシだ。ゴンの写真がまん中にプリントされている。

「どうすんだよ、これ」

「見かけた場所の近くに貼るんだ。そしたらきっと見つかるよ」

そんなので見つかるのかと半信半疑ながら、チラシはよくできていた。

「特徴、ちょっと狐に似ています。って？」

読み上げると妙におかしくて、つい笑ってしまう。

「ゴン、またはミミ、と呼ぶと寄ってくるかもしれません」

「どっちだよ、っての」

「この猫、どっちの名前が気に入ってるのかな」

「そりゃゴンだろ」

「でも、雄だった？」

「……知らない」

「えー、もし女の子だったら、ゴンっていやじゃないか？」

「男でミミってのもキザったらしいだろ」

腕組みして、真剣に考え込む拓也がおもしろい。武の苛立ちはいつの間にか消え失せていて、これまでになくのんびりした気分に包まれていく。

放課後なのに、辺りは静かだ。グラウンドのかけ声が、遠くから途切れ途切れに聞こえてくるだけ。

「なあ、ほかの部員は？」

部室に誰も来る気配がないことを疑問に思い、武は訊いた。

「うん、部長と副部長がいるだけ。三年生だからあんまり来ないよ。来年はおれひとりになっちゃうんだよな」

写真部がそんな有様だったとは知らなかったが、そもそも武は写真部の存在も知らなかった。あるんだ、と思っただけだ。

「前の中学はもう少し部員がいたのに。部活で友達できるかなって期待してたから残念だよ」

思えば、教室で拓也はどうしていただろう。わりとすぐ、まじめなほうのグループに溶け込んでいた気がするが、写真の話ができる相手はいないのではないか。

だからって、こいつはまとわりつく相手を間違えている。それとも、写真ではなく猫という共通点で、武に興味を持っているのだろうか。

「そうだ杉原くん、チラシの連絡先だけど、おれのメールアドレスでいい？　それとも杉原くんのにする？」

「本気で貼り紙するのか？」

「当然だよ」

「どうせ、いたずらばっかり来るぞ。あちこち行かされて、無駄なこった」

「本当のこと教えてくれる人だっているって。この真剣な貼り紙見て、いたずらで振り回してやろうって思う？　困ってるなら助けてあげたいって思わない？」

「おまえの周りは、いいやつばかりなんだな」

皮肉を言ったつもりだったのに、気づけば武自身に突き刺さり、深いため息をついていた。

「杉原くんは、違うの？　友達、いっぱいいるのに」

友達？　つるんでるだけで、友達じゃない。それに父親だって、拓也の家とはまるで違う。武のことが気に食わなくて、何かあれば怒鳴りつけるだけ。誰も、武が困っていたって助けようとは思わないだろう。

「親父がゴンを捨てた。怪我をしてて、庭で鳴いてたから拾って、部屋でこっそり飼ってたのに。おれの周りは敵だらけさ」

「お父さん、怖い人なの？」

「ああ、鬼の杉原って呼ばれてるし、みんな怖がって、機嫌取ってるよ」

どんな想像をしたのか知らないが、拓也は身震いした。

「どこへ捨てられたかわからないの？」

「戻ってこれないように、川へ放り込めって、お手伝いさんに言ってたよ」

「ええっ！……そんな」

「でも、かわいそうだからってお手伝いさんは山へ置いてきたって」

「あー、びっくりした。じゃあその山をさがしてみたほうがいいんじゃないか？」

「さがしたけど、見つからなかった。ゴンだってそんなところでじっとしてないだろうし、お手伝いさんも、おれに本当の場所を教える気はないかもしれない」

「じゃあやっぱり、貼り紙しかないな」


手分けして、めぼしい場所に貼り紙をした。もちろん、民家や店などには、ちゃんと頼んで貼らせてもらったのだ。けれど、武のスマホに連絡はない。年配者の多い田舎だから、いたずらを思いつくような人さえ少なくて、あまり目にとまっていないのではないだろうか。

電話でもメールでもなく、人づてに情報がもたらされたのは三日後だった。拓也の家にもチラシは貼ってあったのだが、それを見た近所の人が、拓也のひいおばあちゃんに話したことによると、昼休みに畑で弁当を食べていたところ、稲荷神社の石段を狐が上がっていったということだ。

「見たっていうのは狐だろ？」

放課後に、武は拓也と稲荷神社で待ち合わせたが、狐がずっとそこにいるわけではない。境内をくまなく調べたが、住み着いている野良猫を何匹か見かけたものの、ゴンのような毛色のものはいなかった。

「お稲荷さんで狐を見ても不思議じゃないけど、それがゴンだっていうのは無理がないか？」

「でもさ、狐ってそんなに見かけるもの？」

「おれは見たことないけど」

「だろ？　うちのひいおばあちゃんだって、前の東京オリンピックのときに見たきりだって」

武には、教科書に載っているくらい昔というイメージしかない。

「そのときひいおばあちゃんは、狐が若い女の人に化けてるのを見たらしいよ」

信じているのかいないのか、拓也は飄々《ひょうひょう》と言う。

「どういうことだ？　若い女を見かけても、それが狐かどうかなんてわかんないだろ」

「辻のお地蔵さんに供えてあった、いなり寿司を食べてたんだって」

だからって、その女が化けた狐だと思うのは理解できないが、昔の人はそんなふうに考えるものなのだろうか。武には祖母はいるが、曾祖母となるとイメージがわかないため、すごく昔の人だとしか思えない。だから、おとぎ話を聞いているくらいに受け止める。

「とにかく、狐が棲んでるのは山で、めったに人里には現れないんだ。だったら近所の人が見たのは猫だよ。キツネ色で大きなとがった耳の猫、ゴンだって」

「だけど、いないじゃないか」

だよねえ、とため息をつきつつ、拓也は石段に座り込む。

「ねえ、あなたたち、この猫をさがしてるの？」

突然の声に、ふたりして驚いて振り返った。人けのない境内には、自分たちしかいないと思っていたのに、狛狐《こまぎつね》のそばに女の人が立っている。

色白で、腰まである長い髪の女性は、拓也がつくったチラシを手にしていた。

「はい、そうです」

拓也が答えると、女の人は細い眉をきゅっとあげた。

「この子はうちのマフィンよ。見つけたら返して。でないと、あなたたち、泥棒になるわよ」

「マフィン……？　本当ですか？」

「そうよ。まるくなって寝てるとマフィンそっくりなんだから」

ああ、とふたりして頷いてしまう。茶色くてまんまるでふわふわで、おいしそうなお菓子みたいだと、ゴンを見ていて思ったことがある。

「でも、怪我してて、野良猫みたいに汚れてたし、だからおれが拾ったんだ」

「拾ったのね。だったらやっぱりマフィンよ。わたし、ずっとさがしてたのに、こんなに遠くまで来てたなんて」

「違う、おれの猫だ、ゴンだよ！」

武は精いっぱい凄《すご》んだが、彼女は涼しい顔で腕組みしていた。

「わたしのよ」

武のほうが背が高いのに、ひょろりとした女はひるまない。それに、妙な威圧《いあつ》感がある。切れ長の目はほんの少しつり上がっていて、目が合うだけでなんだか不安な気持ちになる。

「ガキだと思ってなめんなよ！」

「ちょっと待ってよ、杉原くん。どっちみち、まだ見つかってないし、言い争っててもしょうがないよ」

拓也の言うとおり、猫はまだ見つかっていない。ゴンとマフィンは、もしかしたら別の猫かもしれないのだ。

「わたしが先に見つけるから、こんな貼り紙したって無駄よ」

彼女は挑発的な笑みを浮かべると、鳥居をくぐって行ってしまった。

「何だよ、あの女」

いきなり人を泥棒扱いだなんて、武はひたすら不愉快だ。なのに、拓也は腹が立たないのだろうか。妙な感想を口にする。

「日本人形みたいな人だったな」

「日本人形って？」

「うちにあるよ。ひいおばあちゃんが戸棚の上に飾ってる。着物を着た人形」

そもそも人形の種類なんてわからないし、武の家にはそんなものはない。

「ふうん、とにかく、あいつより先にゴンを見つけないと。マフィンだって？　そんな気取った名前、似合わねえよ。ゴンはおれが、怪我の手当てをして、弱ってたけど元気になったんだ。おれ以外の家族が部屋へ入ってきたら隠れて、おれの足音を聞き分けてベッドの下から出てくる。もしあの女が飼ってたっていうなら、いやになって逃げ出したんだよ」

一気に言ったのは、自分に言い聞かせるためだったかもしれない。拓也は、頷くでもなく黙って聞いていた。

「なあ、明日は土曜日だし、近所の人が見たっていう時間にもう一度来てみようぜ」

見たのはお昼ごろだったらしい。同じ時間に同じ場所に来る可能性はある。

「だけど、見つかっても飼えるの？　お父さんが許してくれないなら、また捨てられるかもしれないよ？」

「今度はうまくやるさ」

「学校へ行ってるあいだ、ゴンはひとりぼっちだろう？　じっとしてるわけじゃないし、鳴き声や物音がしたら、きっと気づかれるよ」

「おれは、親父の言いなりなんていやなんだ。したいようにする」

「杉原くんの意地で、ゴンがまたひどい目にあったりしたらかわいそうだよ」

「意地だと？」

「それに、ゴンがこれまであの人に飼われてたなら、本当は家へ帰りたいと思ってるんじゃないかな」

そんなわけはない。ゴンは武の猫だ。誰がなんと言おうとそうなのだ。

「おまえも、おれの味方じゃないんだな」

言い捨てると、ひとりで神社の石段を駆け下りた。

急に寂しくなった。意見が違えば、強く言い返して相手を黙らせるだけ。ビビらせて、同意させるのなんて簡単なのに、拓也みたいなチビを相手に、いつものようにできないまま、武は逃げ出している。

そもそも拓也は勝手に武の猫さがしに加わってきただけで、武が頼んだわけでもない。味方でもなく、友達ですらない。情けないことを言ってしまった自分が恥ずかしくて、ひたすら全力で自転車をこぐ。

猫の気持ちなんてわかるわけがない。訊いたって答えないんだから。

赤信号に気づき、あわててブレーキをかける。止まった自転車の上でなんとなく首を巡らせると、川の向こうにある小山の中ほどに、武たちがさっきまでいたお稲荷さんの赤い鳥居が小さく見えている。

お稲荷さんは猫の元締め。猫を人のところへ連れてくることができるのなら、猫の考えていることがわかるのだろうか。猫だって、お稲荷さんに頼まれたとしても、行きたくないところには行かないだろう。だったらゴンは、武のところに来たかったはずだ。

怪我をした猫が、たまたま武の目の前に現れたのではない。猫がほしいと武が願ったから、お稲荷さんはゴンを選び、連れてきてくれたのだ。

*

貼り紙はすべて剥がされた。あの女が、民家や店に剥がすよう言ってまわったようだ。そこまでするか、と武はむかつく。どこの家も彼女の言葉を信じたのか、武の頼みは聞いてくれない。子供だから、仲間内でどんなにいきがっていても、大人の前では何の力もない。武の父を知っている大人は、武のことを頭から邪険にはしないけれど、結果は同じだ。

拓也とは、あれから口をきいていない。もともと教室で話すことはなかったし、武からわざわざ拓也に話しかけるような用もない。取り巻きに囲まれてふんぞり返っている武が、まじめなグループにいる拓也に話しかけたりしたら、クラス中がざわつくに違いないし、拓也は迷惑に思うだろう。なんて、どうして拓也の都合を考えなければならないのだと苛立つが、本音では納得してもいる。彼の言うことは正しい。武がゴンを見つけても、飼うのはきっと難しい。それに、拓也にとってのゴンは、たまに現れる野良猫にすぎなかった。飼っていたのに取り上げられた武とは違うから、そんなに思い入れもないはずだ。なのに、武に協力しようとしてくれた。正しい忠告もしてくれた。だから拓也には、迷惑をかけたくない。

武はひとりでゴンをさがし続けているが、できることといえば、自分であちこち歩き回るくらいだ。

田畑のあぜ道や用水路の茂み、野良猫がいれば後をつけてみる。そうしているうち武は、古びた一軒家に猫が集まっているのに気がついた。

薄曇りの空の下、何もかもがぼんやりとして、光も影も曖昧な風景の中、猫たちが音もなく動く。覗き込むと、草も木も生え放題の庭のようなところに、誰かが餌を置いたのか、猫たちが群がっていた。

ゴンがいないかと目をこらすが、茂みが邪魔をしてよく見えない。傾いた木戸が開けっぱなしだったので、そこからそっと足を踏み入れる。異様な視線を感じた気がして、建物に顔を向けたとき、武はぎょっとして、猫たちの餌場に尻もちをついた。

猫たちがさっと散ってしまう。武の視線の先では、無数の目がこちらを凝視している。人形だ。いくつもの、姿形も用途も様々な人形が並び積み上げられている。

「な……んだよ、ここ……」

「人形屋敷よ」

人形がしゃべったのかとびっくりしたが、聞こえた声は背後からだった。ビビりすぎだと、武は気合いを入れて立ち上がる。

「人形屋敷だって？」

「そうよ」

答えたのは、この前稲荷神社で会った女だった。日本人形みたいだと拓也が言っていたのを思い出し、こいつは本当は人形なんじゃないかと奇妙な考えが頭に浮かぶ。人形だらけの家が、現実的な感覚をかき乱す。

「あんたの家……なのか？」

「それより、猫が逃げちゃったじゃない。マフィンが来ないか見張ってたのに」

不愉快そうに、こちらを横目でにらむ女の、ますます細めた目がきゅっとつり上がる。わけのわからない不安に心臓が大きく打つが、負けるもんかと武もにらみ返す。

「マフィンはね、お稲荷さんが連れてきてくれた猫なの。猫を飼いたいってお稲荷さんにお願いすると、連れてきてくれるのよ」

そんなこと、知っている。

「だったら、いなくなったのもお稲荷さんがそうしたんだろ」

そうだ、それからお稲荷さんは、武のところへゴンを連れてきたのだから、武のものだ。いや、現実にはお稲荷さんなんて関係ない。ただ、彼女のところからいなくなった猫を、武が拾っただけ。だったら、元の持ち主に返さなければならないのではないか。そんな考えを振り切るように、武は言う。

「ゴンはおれのところにいたいんだよ！」

女は、深く息をついた。怒り出すかと思ったのに、悲しそうな顔だった。

「そうかもしれない。でも、返してほしいの。もし見つけたら、教えてほしいの。お願い」

これまでずっときつい言い方だったのに、急に下手に出てくるから戸惑う。

「マフィンは、本当は、わたしの彼の猫なの。彼が急病で入院して、あずかってたのに、うっかりドアを開けてたら出ていってしまって……。いなくなったなんて言ったら、彼を悲しませてしまう。安心して、ちゃんと治療してほしいから、早く見つけないと」

そんなこと言われたって、そっちの都合なんて知るかよ。武だってゴンがいなくなって悲しくてしかたがないのだ。

「おれが先に見つける。病気の彼氏？　そんな作り話したって無駄だ」

彼女はまた、眉をきゅっとつり上げた。なだめすかしに効果がなかったからか、豹変するのだからますます彼氏の話は信じられない。

「本当よ。手術をしたばかりだから、彼には本当のこと言えなくて、マフィンのこと訊かれたら元気にしてるって言ってしまうんだけど、わたしの様子がおかしいって感じてるみたいなの。マフィンに何かあったんじゃないかって……。このままじゃ、なんだか術後の経過も悪くなりそうで」

いや、怒っているのではない、彼女は真剣なのだ。切羽詰まっているから、にらんでいるように眉間《みけん》にしわが寄っているだけ。

「あなたがマフィンを拾って、大事にしてくれたのに、この前は泥棒扱いしてごめんなさい」

眉も目もつり上げたまま、彼女は深々と頭を下げる。

「あの子のこと、あなたも心配してくれてるなら、お願い、元の場所に返してあげて」

いやだ、ゴンと別れるなんて。そんな思いだけがこみあげてくる。大切なものを取り上げられてしまいそうであせる。武には、ゴンしかいないのに。武を嫌わないのはゴンだけなのに。

どこかで猫が鳴く。ゴンかもしれない。彼女より先に見つけて、連れ帰らなければ。武は駆け出す。

鳴き声が聞こえたほうへ、敷地を囲む雑木林へ。風が鳴ると、木々が揺れ、ざわめくような音が彼を取り巻く。

あなたの家は、猫を飼っちゃいけないんでしょう？

女の声が追いかけてくる。いや、彼女の声じゃない。お稲荷さんの？　違う、武自身の中にある声だ。それはまた武にささやきかける。

お稲荷さんの猫、ちゃんと飼えないのに、ほしいなんて言ったらバチが当たるから。

林の中は薄暗い。猫がいるかどうかわからない。走りながら、武は必死に周囲を見回す。

ゴンに似たふさふさの尻尾が、ちらりと見えたような気がした。追って草むらへ踏み込んでいくが、不意に木々が開けたかと思った瞬間、体が宙に浮いた。

「うわっ！」

声を上げたときにはもう、土手から足を踏み外し、田んぼの用水路にはまっていた。

水は浅かったとはいえびしょ濡れだ。滑り落ちた土手をよじ登ろうとするが、濡れた手足は草に滑ってうまくいかない。

「きみ、大丈夫かい？」

声をかけてきた男の人が、武に手を差しのべる。手を貸してもらって、やっとのことで土手を上がった武を、くたびれたジャージ姿の男性が覗き込んだ。

「あれ？　拓也の友達だよね？　ええと、杉原くんだっけ」

息を切らしながら、武はどうにか頭をめぐらせた。そうだ、拓也のお父さんだ。市場へでも行った帰りか、すぐそばにはミニバンが駐まっている。

「とりあえず、うちに来るといいよ。すぐ近くだし」

どんな顔をして拓也に会えばいいのかわからない。ためらっていたが、濡れた服に夕方の風を浴びて、体が震えてきていた。結局、拓也のお父さんの言うとおりにした。

他人の家で風呂に入り、着替えを貸してもらうのは初めてのことで、なんだか落ち着かない。拓也が出してくれた着替えは、少し大きかったから、お父さんの服なのだろうか。武は借りてきた猫になった気分で、言われるがままにしていたが、それを拓也に見られていても、むかつく気持ちも起きなかった。

お父さんは、洗濯機を自分で回す。家のことなんて何もしない自分の父を思い浮かべると、武には不思議な感じがしたが、ひとつわかったことがある。拓也のお父さんは、何をするにも楽しそうだ。武の父はいつもしかめっ面で、こちらを見れば叱られそうで、つい緊張してしまうのだが、拓也のお父さんは知らないおじさんなのに緊張しない。

畳の上に座り、拓也が出してくれたお菓子を食べる。テレビを見ながらひとり笑ったり歌ったりしているひいおばあちゃんを前に、武はしだいにリラックスし、居心地よく感じ始めていた。

「杉原くん、猫をさがしてて、人形屋敷に驚いたのか？　用水路にダイブするなんてさ」

どら焼きをほおばり、拓也が言う。べつに人形にビビったわけではない。あの雰囲気に飲まれたのかもしれないことは頭から追い出す。

「そんなんじゃねーよ」

拓也は、この前のことを気にしていないのだろうか。武に対し、ごくふつうの態度だ。

「おれなんか、初めて見たとき、全身鳥肌だったよ。逃げ帰ってきて、ひいおばあちゃんにしがみついたもんな」

などと笑顔で話す。ひいおばあちゃんが振り向く。顔を覆う深いしわと、もぐもぐ動く口元が、なんだかめずらしい生き物みたいで、失礼だけど武は見入ってしまう。

「人形は怖くないよ。何も悪さはしないし、むしろ身代わりになって人を守ってくれる。飾っても心が和むしね」

戸棚の上、ひいおばあちゃんが見つめる先には、着物姿で扇子を持ち、舞うようなポーズを取る人形があった。

「あれ、日本人形か？」

「そうだよ」

拓也が言って、武は納得した。

「あいつに会ったよ。その人形みたいな、つり目の女。人形屋敷で野良猫に餌やって、ゴンをおびき寄せようとしてたんだよ」

「ホント？　で、ゴンはいたの？」

「いや……、いなかった」

「そっか。それにしても、狐目の女に、狐似の猫。なんだかお稲荷さんにからかわれてるみたいだね」

拓也はおもしろがっているが、武は急に不安になった。飼えないのに、ゴンを拾ってはいけなかったのではないか。バチが当たったらどうなるのだろう。もしもゴンが、本当に川に捨てられてしまっていたらどうしよう。ゴンが無事ではないかもしれないと想像するだけで、武は天罰をくらったような気持ちになる。悪いのは自分だ。だからゴンを守って下さいと、お稲荷さんか何か、わからないものに向かって念じてみる。その一方で、口から出るのは強がりだ。

「またそれかよ。お稲荷さんが猫を配るなんて、迷信だっての」

「そうだ、ひいおばあちゃん、昔見たっていう狐が化けてた女の人って、つり上がった狐目だった？」

ひいおばあちゃんは、動きもまばたきも止めた。息も止めたのではないかと心配したが、考え込んだだけなのか、ゆっくりと口を開く。

「顔はわからんよ。後ろ姿だったからね。髪が長くて、白い服を着てたね。尻尾も真っ白でねえ」

「尻尾があったの？」

「ああそれは、別の日に見た白い狐だよ。この辺りでたまに見かけるんだそうだ。あたしが見たのは一度だけだね」

白い狐はめずらしいけれど、いないわけではない。なのに拓也のひいおばあちゃんは、白い狐と白い服の女を重ねている。

「それからあたしは、何があっても白い狐さんに見守られてるって気がしててね。だって、あたしには姿を見せてくれたんだからね」

勝手な空想だとわかっていても、拓也のひいおばあちゃんは信じている。事実がどうであれ、宝石のように貴重で奇跡に満ちた記憶になっている。

武も、本当は信じている。たまたまゴンを拾ったのではない、お稲荷さんに願ったから武の元に届けられた、武はゴンに選ばれたに違いない、そんな想像が愛おしいから、ゴンのことをとくべつに感じている。

「猫のことなら、お稲荷さんにまかせておくがいいよ。見つかるのも見つからないのも、お稲荷さんのはからいだ」

「でもさ、どうしてお稲荷さんが猫の元締めなの？」

拓也がひいおばあちゃんに訊く。狐はお稲荷さんの眷属《けんぞく》だというけれど、どうして猫がかかわるのか、考えてみれば不思議だった。

「お稲荷さんは穀物の神さまだろ？　猫は、穀物を荒らすネズミを退治するからね。人が猫を飼うのは、そもそもネズミを退治してもらうためだったんだから、お稲荷さんと猫が結びついたのかもしれないね」

「ふうん、おじいちゃんが子供のころ、ここで猫を飼ってたって聞いたことがあるけど、その猫もお稲荷さんが連れてきたの？」

ひいおばあちゃんは、しみじみと頷いた。

「拓ちゃんのおじいちゃんが、猫を飼いたいって言ってしまったもんだからね。きっとお稲荷さんに聞こえたんだ。庭によく来てた野良猫が、ある日子猫を連れてきたんだよ」

「へー、子猫って、その野良の子？」

「違うと思うよ。その野良は雄だったたし、自分の縄張りに迷い込んだ子猫なんじゃないかね。それにしても、不思議だったよ。野良があたしのいる縁側へ近づいてきて、きちんと座ってね。すると庭の茂みから、子猫がおそるおそる出てきたんだ。野良と同じように並んで座ると、野良はあたしをじっと見て、それから子猫をじっと見て、ゆっくり庭から出ていったよ。おまえはこれからここの子になるんだ、って言い聞かせたのかね。子猫は野良についていかずに、ずっとその場に座ってた。戸を開けたら中へ入ってきて、いつも野良が食べてた餌を食べて、それから死ぬまでここにいたよ」

「ネズミは捕ったのか？」

話に引き込まれていた武は問う。

「ああ、狩りが上手でね。ときどき土間へ置いていったけど、お裾分けのつもりかね」

武も知っている。以前に家にいた猫が、捕まえた蟬《せみ》やバッタの死骸を置いていくことがあった。あのころはまだ祖父がいて、猫をかわいがっていた。武のことも、かわいがってくれていた。

「お稲荷さんはね、ちゃんと猫が幸せになれる家に届けてるんだよ」

猫は、人間の歳でいうと武の祖父よりも年老いていたが、祖父を見送ってから死んだ。それから武の家は、ずいぶん変わってしまった。父は祖父と反目していたし、動物嫌いだったから、もう猫を飼うことはできない。武だって、責任を持てないのに生き物を拾ったりしてはいけないことはわかっている。なのにゴンを飼おうとして、かわいそうなことになってしまった。捨てられたゴンは、ちゃんとご飯を食べているのだろうか。危険な目に遭っていないだろうか。

「どうしたの？　杉原くん」

ひどくうつむいてしまった武を、拓也が心配そうに覗き込んだ。

「おれ、家で猫を飼えないのはわかってたのに、お稲荷さんに猫を飼いたいって願い事してしまったんだ。だから……、バチが当たった。おれだけならいいけど、ゴンも不幸になってしまったんだ」

「でも、杉原くんはゴンを助けたじゃん。怪我を治してあげたんだろ？」

それも、武ではない誰かだったほうがよかったのではないか。

「もういいよ。ゴンをさがすのはやめる」

「えっ、本気なの？」

「あの女の人の猫なんだろ。あの人が見つければいいんだ。そのほうがゴンも幸せだ」

拓也は返事に困った様子で、お菓子に手をのばした。なんでこんな自分の話を、さほど親しくもないクラスメイトにしているのだろう。これ以上余計なことを言わないうちに帰りたい。でも、服がまだ乾かない。

帰りたい？　いや、本当はもっと、いろんなことを言ってしまいたいのではないか。

「あんたのお父さんだね」

ひいおばあちゃんが急に言った。テレビに、武の父が映っている。ちょうどローカルニュースをやっていて、市内に新しい道ができると熱心に語っていた。

「道なんてつくって、誰が通るんだよ。どうせこの町は人が少ないじゃん」

武がつい毒づく。税金の無駄遣いだと、批判されているのは知っている。

「でもね、急病人を隣町へ搬送しやすくなるよ。このへんは何でも大町に頼ってるけど、別の町へも行き来しやすくなるから、農作物も運べるしねえ」

ひいおばあちゃんがやわらかく言った。そういう利点もあるのかと、武には意外だった。道路工事を推し進める市と、父を含めた賛成派が、反対派に散々こき下ろされていたのを、武は耳にしていた。抗議に来る人や取材記者に怒鳴り散らして、父はひどく嫌われているし、利権のある人はペコペコするばかりで、滑稽だとしか思えなかった。公私ともに、自分が正しいとばかり声高に主張しては、威張り散らすだけの父親だと思っていた。

「大町止まりだったバスも、こっちまで来るようになるっていうから、行き先も本数も増えるのはありがたいね。ここらは老人が多いから助かるよ」

「でも、空気が汚れるし騒音もあるだろ。親父のせいで、おれまで嫌われたこともあるんだ」

いやな思いをしたことはいくらでもある。仲がよかったのに、もう口もきいていない友達もいる。

「ま、立ち退きや騒音や、迷惑を被る人もいて、決めるのは難しいからね。嫌われ者になることも必要な仕事だよねえ」

「ふうん、杉原くんのお父さんって、すごいんだね」

「すごくなんかねえよ」

嫌いな父をほめられて、どう感じていいのかわからなくて、武はぶっきらぼうになった。

拓也のお父さんだったら、親切でやさしくて、みんなに好かれるいい人に違いないとわかるのに。

困り果てたとき、ひいおばあちゃんがまた突然話題を変えた。

「ああ、忘れるところだった」

と手をたたく。

「拓ちゃん、お揚げさんを裏庭へ持っていってくれないかい？　このところ狐さんがよく来てるんだよ」

「えー、なんでおれが？」

「もうじき見たい時代劇が始まるんだ」

「裏庭に？　ホントに狐なんですか？」

父のことよりも、武にとってずっと重要な話だ。ゴンかもしれないではないか。

「人なつっこくてね、あたしがお揚げさん持っていくのを、ときどき待ってるんだ。うれしそうにすり寄ってきて、のどをゴロゴロ鳴らすんだよ」

「ってそれ、猫じゃん！」

素早く突っ込んで、拓也は畳の上に放り出してあったカバンから、自作のチラシを引っ張り出した。

「ひいおばあちゃん、この猫じゃない？」

ゴンの写真を、ひいおばあちゃんはじっと覗き込んだが、真顔で言う。

「これが猫？　狐だろ？」

「いやこれ、猫なんだ。杉原くんがさがしてるゴンだよ」

「違うよー、お揚げさんを食べるのは狐だよ。それにこの子じゃないね。さあさ、狐さんを待たせないように頼むよ」

せかされて、聞き出すのをあきらめた拓也は武を見た。

「杉原くん、行こう」

武も早く確かめたかった。ゴンが油揚げを待っているかもしれないのだ。

「なあ、吉住の家は、狐を見たら油揚げを置いておくのか？」

「ひいおばあちゃんが勝手にそうしてるんだ」

冷蔵庫から取り出した油揚げを持って、拓也は裏庭へ向かう。武はついていく。このあたりの民家は敷地が広く、母屋と離れなど家屋が複数あるのもふつうだし、作物の仕分けなどをする作業場や倉庫を備え、加工の機械まで置いていたりするから、小さな工場を備えているようなものだ。拓也の家もそんなふうで、裏庭までしばし歩いた。

母屋と離れのあいだを抜けたところは、雑木林みたいな場所だ。踏み分けた道沿いに、狭い畑や花壇があり、突き当たりの石垣に、白い皿が置いてあった。

「猫、いないな」

「ひいおばあちゃんじゃないから、警戒してるのかも」

油揚げを袋から出し、皿に置く。少し離れて様子を見ることになり、ふたりで茂みに身をかがめる。

「杉原くん、本当はゴンのこと、そう簡単にあきらめられないんだろう？」

飼えないならゴンがかわいそうだと意見したくせに、拓也はそんなことを言う。わりと生意気なのに、武は不思議と、拓也にはむかつかない。

「お稲荷さんに願ったんだから、本気で飼いたかったんだよね」

「願ってみたからって、本当に猫が来るなんて思ってなかったし、だいたい、ゴンはたまたま庭に入ってきただけじゃないか。お稲荷さんがゴンに、うちへ行けって言ったのか？　そんなわけないだろ」

信じていないのに、そんな言い伝えがあることを知っていて、猫がほしいと願ってみた自分は、何を望んでいたのだろう。今も、矛盾した言葉ばかりが口をついて出る。

「本当に来るよ。願ったら、猫が来るんだ。おれ、それでひいおばあちゃんに叱られたことがあるもん」

拓也はため息をついた。あまり思い出したくないことみたいだったが、思い切ったように語り出した。

「ここへ引っ越してくる前は、家族でこの家へ来るのはお正月くらいだったかな。親戚も集まって、いとこたちとテレビ見てたらかわいい子猫が映ってて、それでおれ、何気なく言ったんだ。友達のシンくんが猫をほしがってたなあって。そしたらひいおばあちゃんが、そんなこと言うと本当に猫が来るのに、シンくんが飼えなかったらどうするんだって」

「誰かが猫をほしがってたって言っただけで、願ったことになるのか？　神社で願い事をするのとは違うじゃないか」

「そうだけど、ひいおばあちゃんは、お稲荷さんに聞こえるからって言うんだ」

「で、本当に来たってのか？」

「うん、痩せ細った子猫がシンくんの家に。それでその子を飼うことになって」

「飼ったのならいいじゃん」

「だけど、その子は持病があったらしくて、長生きできなかったんだ」

たとえ長生きしても、猫の寿命は短い。祖父が飼っていた猫を思い浮かべ、胸が痛んだけれど、武は素っ気なく言う。

「ふうん」

「おれずっと、シンくんに悪いことをしたような気がしてて。おれが余計なこと言わなきゃ、元気な猫をもらったり買ったりできたかもしれないじゃん。ちょうどおれが転校する前に、猫が死んじゃって、なんか、電話もできなくて。親友なのに、それっきりなんだ」

飄々として、悩みのなさそうな拓也だけれど、転校してきてまだ二月《ふたつき》ほどだ。それなりにクラスに溶け込んでいるようでいても、心細いのだろう。前の学校にいた親友にも、簡単に相談できない。だから、武なんかの猫さがしに首を突っ込んでいる。

その心細さは、武にもわかるような気がした。小学校のころ仲のよかった友達は、杉原議員の子とつきあうなと言われて、離れていった。いや、父が原因だとは限らない。武自身、自分を持ち上げてくれて、わがままを言える相手を取り巻きにするようになったからだ。いつからか、自分が中心にいないと苛立つようになった。周囲の大人が、父を持ち上げ、武のこともちやほやするからだ。勘違いでも寂しいから、うわべだけのちやほやから抜け出せなくて、どんどん孤独になっていく。

ほしかったのは猫なのか、それとも、寂しさを紛らせてくれる何かだったのか。

「そいつは、病気の猫を飼ったこと、きっと後悔なんかしてないって。最後まで飼ったんだから、その猫のことが本当に好きになったんだ」

気休めかもしれない。拓也の友達の本当の気持ちなんて、知りようがないのだから。それでも武は言いたかったし、拓也は、ほっとしたように顔を上げた。

「そうかな……。だったらいいんだけど。杉原くんは、どうして猫を飼いたいと思ったの?」

不思議と今は、自分のことを隠そうとは思わなかった。こいつになら言ってもいいかと、くだけた気持ちで口を開く。

「じいちゃんが生きてたころ、猫を飼ってたんだ。おれが生まれる前からいる猫だったから、兄貴風吹かしてるようなところがあって、蟬やバッタの捕り方を教えようとしたり、友達と取っ組み合ってると割り込んできたり。あのころは、悩みなんかなくて、おれは、卑屈になることもなかった」

猫がいたからって、武の周囲が変わるわけじゃない。でも、怪我をしたゴンが現れて、助けなければと必死になったとき、空洞だった胸の奥が、あたたかくふわふわしたもので満たされるようだった。まるくなったゴンを抱いたときの、おだやかで愛おしい感覚に、武自身も包まれた。大事にしなければならないものを得て、背筋が伸びるとき、家族も友達も、ふだんの日々も好きでいられる、そんな自分に戻れそうな気がしたのだ。

「今は卑屈なのか?」

直球で訊いてくる。

「威張っているくせに、てか?」

武がにらむと、拓也はかわすように笑う。でも、拓也は不思議と、武のことを怖がらない。

「おれのこと、怖がるやつを見ると、もっと怖がらせてやりたくなる。今のおれはいやなやつだ」

情けない武を知ったら、弱みを見せたら、なめられる気がする。でもそれは、自分には何もないからだ。勉強にしろスポーツにしろ、人より優れたところが何もない。自分勝手で人に頼られもしない、ただの嫌われ者だ。

だからって、人のことも認められない。

「べつに怖くないのにな」

拓也は本気で不思議そうに首をかしげた。

「吉住が変わってるんだ」

「たぶん、杉原くんが猫をさがしてたから、親近感が持てたっていうか」

なんで猫なんだろう。猫がいたら、何かが変わるみたいに信じているのはどうしてだろう。武は、はにかむ拓也に微笑もうと努力する。うまくいったかどうかわからないけれど、お互いの間に伝わるものはあったと思える。それからふたりで、じっと、風の音や周囲の気配に耳を澄ませる。

しばらくして、拓也は急にこちらに身を乗り出した。

「杉原くん、あれ……」

声をひそめ、石垣のほうを凝視する。武も注意深く息を殺す。何かが油揚げのところにいる。でも、ゴンじゃない。

「白い、猫……？」

拓也が言う。違う、猫じゃない。あれは狐だ。真っ白だけれど、とがった耳やほっそりした鼻、太い尻尾が目につく。初めて見る白い狐に、武は息を止めて見入った。

小さな身じろぎが、周囲の草をゆらしてしまったかもしれない。狐が耳をピクリと動かし、こちらを見た。なんてきれいなんだろう。生き物を超えた何かに見つめられたようで、奇妙な緊張感と高揚感に包まれる。そのとき武は、あの白い狐を知っていると直感していた。

ずっと前、小さいころ、祖父の飼い猫のミケが毎日出かけていくのを見て、どこへ行くのかとひとりで後を追ったら、猫の集会に出くわした。こっそり、木の幹に隠れるようにして覗いていたあのとき、真っ白で大きな猫がいた。

あれは、きっと狐だったのだ。

あの日武は、なんだか見てはいけないものを見たような気がして、逃げるように走って帰ろうとしたが、どこかで道を間違え、迷ってしまった。土手に座り込んでいたら、うたた寝したらしく、目が覚めたときには祖父に背負われていた。ミケはとっくに家に戻っていたが、あのとき祖父は奇妙な話をした。ミケが白い野良猫を連れてきて、餌をやったところ、鳴きながら招くように歩き出したので、ついていったのだそうだ。そうしたら、田んぼの土手で居眠りしている武を見つけたという。

武は、祖父の背中で見ていた夢を思い出す。白いふわふわした獣の背中に乗っていた。目が覚めて、祖父の背中だったのがしばらく納得できなかったのをおぼえている。

あのときの白い狐だ、そう思った。祖父は猫だと言ったけれど、きっと猫に化けるくらい簡単だ。だって白い狐は、人間の女にも化けられるのだから。

もしかしたら祖父の猫は、お稲荷さんにお願いして、武を守ってくれたのだろうか。本気でそんなことを考えている。そうしてまた現れた白い狐は、武に何を促そうとしているのだろう。目の前にいる白い獣は、動けないまま身を隠している武たちをまっすぐに見据え、威圧している。やがて視線を外したかと思うと、悠々と油揚げをくわえ、茂みの奥へ入っていった。

いつの間にか、あたりはかなり暗くなってきている。姿は全く見えないけれど、まだそこにヤツがいるのではないかと、じっと目をこらしていると、何かが動く。ニャーと鳴く。

「……ゴン！　ゴンだろ？」

武の声に反応したか、ゴンが茂みからそろりと出てくる。持ってきていた猫のおやつを急いで差し出すと、すっかり警戒心を解いて駆け寄ってきた。

「ゴン！　ごめんな……。寂しかっただろ？　腹減ってるよな？」

撫《な》でる武の手に顔を擦りつけるゴンは、間違いなく武を信頼している。おやつを食べてしまうと、武のかたわらに座り、毛繕いをはじめる。

「よかったな、ゴン」

拓也もゴンをそっと撫でると、目を細めて喜んでいる。そのとき武は、ひとつだけ理解していた。自分はゴンを守りたいのだ。

お稲荷さんに願ったからとか、昔の自分を取り戻したいとか、ゴンには関係がない。一度は拾ってゴンの運命に手を貸したのだから、そしてゴンが武を安心できる相手だと思っているのだから、自分にはゴンを不幸にしないという責任があるだけだ。

「なあ吉住、頼みがあるんだ」

＊

猫の飼い主をさがしています。この子に見覚えがある人は連絡下さい。

チラシの文面を変えて、また貼り出した。マフィンをさがしている女の人が、どこの誰だかわからないので、そうするしかなかったのだ。

武はゴンを連れ帰り、飼い主が見つかるまでの間だけ、きちんと世話をするからと父親を説得した。武の部屋から出さないことと、毎日部屋の掃除をきちんとすることが条件だった。家によく出入りしている父の後援者に、猫アレルギーの人がいるらしいのだ。

父が猫を捨てたのは、単なる猫嫌いでも、武に対する意地悪でもない。知ろうとしなければ、相手の考えも気持ちも、何も知らないまま拒絶することになる。そうなったら、いつまでもわかり合えないままだった。

『そういえば、親父は猫好きだったな』と、父は、反目し合っていた祖父のことを懐かしむようにつぶやいた。

「白い狐って、初めて見たなあ」

稲荷神社で、武は狛狐を見上げる。拓也が不思議そうな顔をする。

「狐、見ただろ？　ゴンを見つけたとき」

「あのときの白いの？　猫だよ。たまにうちの庭を横切っていくよ」

「えっ、狐だったじゃないか」

「いや狐には見えないって」

武の見間違いか、思い込みだったのだろうか。でも、武にとっては狐だった。それでいいのだと思う。

「じゃあ、おれにだけ本当の姿が見えたんだ」

「ひいおばあちゃんと気が合いそうだよ、杉原くん」

「ああ、おれは吉住のひいおばあちゃんが見た女、狐だったって信じるよ」

キャリーバッグの中で、ゴンが話に加わろうとするように鳴く。飼い主の女性から連絡があり、ふたりは稲荷神社で待っているところだった。

ゴンは武の猫ではなかったが、お稲荷さんは武の願いを聞いて、ゴンを選んで連れてきてくれたのだ。ゴンでなかったら、武は拓也と親しくなることも、父とちゃんと話をすることもなく、周囲に苛立ちをぶつけるばかりだっただろう。

だから武は、ゴンにとって一番いい場所を与えてやりたい。元の飼い主のところがそうなのだ。

「まあでも、杉原くんの言うことは正しいのかも。おれ、前の学校の友達に、電話してみたよ」

「猫を飼ってた友達か？」

「うん。杉原くんのおかげで、思い切って話せたんだ。そしたら、お稲荷さんが猫を配るって話をおれに聞いて、本当によかったたって言ってた。猫を拾ったとき、汚れて痩せこけた子猫だったから、もしお稲荷さんのことを聞いてなかったら、飼わなかったかもしれない。でもそんなことはもう考えられないくらい、大好きな猫になったんだって」

うれしそうな拓也を見ていると、武もうれしくなる。こんな気持ちになれることを、しばらく忘れていた。誰かがうれしそうにしていると、むかつくばかりだったのに。

「こっちで友達できたって言ったら、今度いっしょに遊ぼうってさ」

「ふうん、友達できたんだ？」

「杉原くんだよ。違うの？」

ああそうか、そうなんだ。だから、拓也が笑うと自分も笑っている。

「トモダチってなんか、ガキくせえ」

「えー、じゃあなんていうの？」

少し考えて、武は言う。

「猫友」

「うーん、まあいいか」

幼いころを懐かしんでも、武は小さい武じゃない。飼い猫に心配され、祖父に背負われた武にはどうあがいても戻れない。祖父もあの猫ももういないし、ひねくれたところも急には直らない。だけどこれからは、自分のことを自分で決められる。どんな自分になりたいのかも、いつか猫を飼うかどうかも、自分で選べるようになるだろう。

お稲荷さんの石段を、上がってくる人がいる。武と拓也は視線を向ける。長い髪の女性が、こちらに気づくと駆け寄ってくる。

「マフィン！」

その声に、ゴンは反応する。あまえるような声でニャアと鳴く。キャリーバッグを覗き込んだ彼女は、目尻を下げて、しばしゴンに赤ちゃん言葉で話しかけていた。

「ねえ、キャリーから出してもいい？」

「あ、はい、リードありますから」

拓也が言うと、彼女は蓋を開けてゴンを抱き上げた。おとなしくしているゴンは、彼女によくなついている。入院中の彼に飼われ、彼女にもかわいがられていたのがわかるから、武にはもう、何も言うことはなかった。

「ねえ、いつでもマフィンに会いに来てよ。彼がもうすぐ退院するの。あなたたちのこと話したら、お礼を言いたいって」

猫友が急に増えたのも、きっとお稲荷さんの差配なのだ。

第四話

絡まりほどける

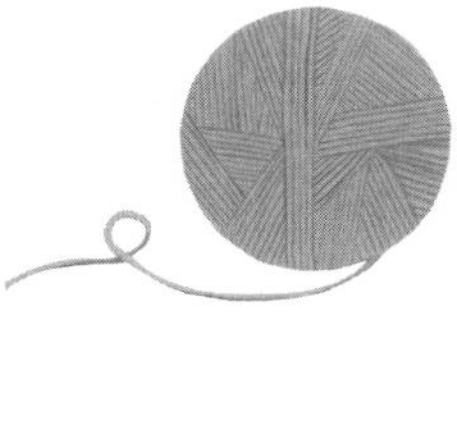

このところ、友梨の周りには小鬼がいる、らしい。ちょっとしたものがなくなって、さがし回る羽目になる。そういうときひいおばあちゃんは、「あれが隠したんだね」と言って、何やらブツブツとつぶやくのだ。

友梨がまだ小さかったころ、ひいおばあちゃんがその呪文めいた言葉を唱えると、なくなったものが、さっきもさがしたはずの場所で見つかることが何度もあり、魔法使いみたいだと思ったものだ。

ひいおばあちゃんはいろんな呪文を知っている。友梨も昔、教えてもらった気がするが、もう忘れてしまった。でも、ちょっとそこに置いたはずのものがなくなったり、何もない場所で躓《つまず》いたり、袋の中のポテトチップスが思いのほか減っていたり、ゆるい風に乗って部屋の中に花びらが舞い込んできたりすると、何かがいたずらをしているのではないかと思ったりもする。

今も、編み物をしていたところ、糸が絡まって大きなかたまりができてしまった。ほどこうとしたが、力を入れるほど結び目は固くなってしまう。それにしたって、静かに編み物をしているだけなのに、どうしてこんなに絡まってしまうのだろう。

何かが毛糸を引っ張って大暴れでもしなければ、こんな結び目ができるわけがない。そう思うと、小さな鬼たちがキャッキャと遊んでいる光景が思い浮かぶ。

「友ちゃん、何編んでんの？　蚊取り線香かね」

ひいおばあちゃんが部屋へ入ってくる。友梨の部屋になっている二階の一室は、友梨の一家が引っ越してくるまで物置になっていたため、ひいおばあちゃんの古いタンスが置いたままになっている。ときどきひいおばあちゃんは、タンスの中のものを取りに来るが、ノックをするとか声をかけるといった習慣がないので、いきなり入ってくるのだ。

最初は気になったが、もう慣れた。そもそも日本間は、ふすまで仕切られているだけなので、個室という感じではない。部屋であって通り道でもあるため、友梨は自室へ入るのに、弟の拓也の部屋を横切っている。

「これ、オタマジャクシだよ」

オタマジャクシのお腹は少し透けていて、よく見ると内臓が渦《うず》を巻いている。それを再現しようと友梨は、毛糸で渦巻きを編んでいく。オタマジャクシの編みぐるみができあがっていく。

「ああ、オタマジャクシね。青いお腹なんだね」

ひいおばあちゃんが取り出したのは、オレンジ色のカーディガンだ。なかなかおしゃれな幾何学模様が編み込まれているから、きっとよそ行きだろう。

「それ、もしかしてひいおばあちゃんの手編み？」

「そうだよ。ずいぶん昔に編んだものだけどね」

ひいおばあちゃんは編み物が得意だ。今でも公民館で教えることもあるという。友梨が手芸部に入ったのは中学からだから、ひいおばあちゃんの技術にはとても届かないが、血筋なのか手先は器用なほうだと思う。

「もうじき文化祭でしょ、手芸部で展示即売会するの」

「そりゃいいねえ」

「でも、すぐ絡まっちゃって」

友梨がため息をつくと、どれどれ、とひいおばあちゃんが覗き込んだ。

「こりゃダメだね」

そう言うと、両手で絡まった部分を包み込み、もみほぐすようにしながら何やらつぶやく。

「もしゃもしゃもしゃ……」

と言っているように友梨には聞こえる。

「あ、そのもしゃもしゃってやつ、ずっと前にひいおばあちゃんが教えてくれたよね。何のおまじないだっけ」

「絡まった糸をほどくおまじないだよ」

本当におまじないでほどけるものだろうか。小さかったころとは違い、素直には信じられない。半信半疑で、ひいおばあちゃんの手元をじっと見る。しわくちゃでささくれた指先は、毛糸をやさしくもんでいる。不思議な力が宿っているかのように見えてくる。


しゃしゃもしゃや〜

もしゃしゃの中のしゃしゃもしゃや〜

もしゃしゃなければ
しゃしゃもしゃもなし〜

どうやらひいおばあちゃんは、そう言っているが、意味はさっぱりわからない。しかしひいおばあちゃんの指先で、毛糸は見る間にほどけていく。驚きながら友梨は見入ったが、ひいおばあちゃんの手つきはあくまで無造作だ。

「えっ、何これ。どうしてほどけたの？」

すっかり元通りになった毛糸を前に、友梨は驚きの声を上げた。

「さあねえ。昔から、こう唱えればほどけるんだよ」

「マジで？　もしゃしゃって何？」

「何だろねえ。あたしもお母さんやおばあさんから聞いただけだから。もしゃもしゃの神さまでもいるのかね」

アフロヘアの神さまを思い浮かべた。その神さまは手芸の神さまなのだろうか。そうして、目に見えないいたずら者を追い払ってくれるのかもしれない。

＊

友梨の家では、お弁当はお父さんがつくる。会社を辞めたお父さんが家事全般を担うことになったのは三年前だが、友梨がお弁当を持参するようになったのは、高校に入った今年からだ。

お弁当作りがお父さんの担当になったのは当然といえばそうだが、友梨にとっては憂鬱だった。というのも、お父さんの料理は力が入っていたからだ。

野菜にこだわりがあるからか、彩りも鮮やかで目を引く。最近は特に、めずらしい野菜を使いたがるので、カフェご飯みたいになっていて、教室でクラスメイトに覗かれるのだ。

「それ、もしかしてきんぴら？　友梨のお弁当って、何でもおいしそうに見えるよね」

単なるきんぴらゴボウでも、赤みの強いニンジンや金色のゴマで、不思議と見栄えがよくなっている。

友梨のお母さんって料理上手なんだね。センスあるね。しかし、母が専業主婦ではないとわかると、本当にお母さんがつくっているのか、と勘ぐる子もいたため、友梨はあせり、自分でつくったと言ってしまった。お父さんがつくったことは、どうしても知られたくないからだ。だからクラスでは、友梨は家庭的な子だと思われている。

「新鮮な野菜があるから。ご近所は農家ばかりだし、お裾分けをもらったりしてさ」

「でもさ、通学に時間がかかるのに、お弁当も自分でつくって、友梨はえらいよ」

ちっともえらくなんかないから、ご飯を口の中に詰め込む。返事をしなくてすむし、クラスメイトたちの話題は、すぐ別のことに移る。

お父さんの手作りがいやで、みんなにうそをつくくらいなら、本当に自分でつくればいいのだけれど、友梨は相変わらず、お父さんの手作り弁当を持参している。結局、言い訳なのだ。自分でつくるとなると、もっと早起きしなければならないし大変だし、親に頼っているくせに、不満だなんて甘えているのはわかっている。それに、本当言うと不満なのかどうかよくわからない。お父さんの料理はおいしいし、栄養のバランスを考えて野菜をたくさん使っているのもいい。見た目だって文句のつけようがない。

なのに、友梨は、お父さんのことが認められない。働くのがきらいだなんてわがまま、子供みたいだと思ってしまう。いや、お父さんは怠けているわけじゃない。家にいるときは料理も掃除も洗濯も、あらゆる家事をこなしている。母親が専業主婦の家庭はいくらでもあるのだから、お父さんが家にいて家事をやっていたっていいではないか。

認められないのは、周囲の反応が気になるからだ。

「ねえ、友梨の家って、お父さんが主夫してるって本当？」

高校に入ってからもそんなふうに訊かれるたびに、どきりとする。友梨と同じ中学にいた子から小耳にはさんだのだろう。

「ふつうに働いてるけど。どうして？」

めずらしいから、単なる興味本位で訊いているだけ。だからそう返すと、興味を失って立ち去る。けれどその興味本位の質問に、〝父親が無職だなんてかわいそう〟という気持ちが潜んでいるのを友梨は感じてしまう。実際、「大変だね」と言われることも多い。

中学のとき、お父さんが自宅にいることを友梨が話したのは、一番仲がよかった立花芽依《たちばなめい》だ。彼女だけに打ち明けたのに、いつの間にかクラス中に広まってしまった。

昼間からスーパーで買い物をしている中年男性を見かけたら、友梨のお父さんじゃない？　と言われたり、お父さんに部屋を掃除してもらうのは抵抗がないか、オネエ言葉なのかとまで、物珍しいからとあれこれ訊かれるのもうんざりだった。

芽依は、友梨が秘密にしてと言ったことも、自分がほかの人に話してしまったことも忘れたのか、みんなといっしょになって、友梨に〝主夫〟の話題を振ることもあった。

そのうえ、主夫になってみたい？　と、わざわざ男子生徒に訊くなんて、どういうつもりだったのだろう。その男の子は、友梨と同じ図書委員で、話すことも多かったけれど、べつに意識したこともないただのクラスメイトだったのに。そのとき彼が言った言葉は、ずっともやもやしたまま残っている。

えー、おれはやだよ、女は働かなくてもいいけどさ。

主婦をしているお母さんはたくさんいるのに、主夫のお父さんはめったにいない。だから友梨も、父親が家にいるということが恥ずかしい。でも、めったにいないからって恥ずかしいのはどうしてだろう。

ひいおばあちゃんの家に引っ越して、お父さんは農業をはじめようとしている。それも、みんなの家のお父さんとは違っている。なのに引っ越してからのお父さんは、以前よりずっと生き生きしている。今のところ家庭菜園に毛が生えたような収穫しかなく、友梨たちは相変わらず母の収入に頼っているが、お父さんは食事をつくり、掃除をする。毎日、家族が快適に暮らせるよう心を砕いている。お父さんがそれを楽しんでいて一生懸命なのだから、否定するのはおかしいと、友梨自身理解しているのに、周囲には知られたくないのだ。いったい、お父さんのことをどう受け入れればいいのか、いまだにわからない。

「友梨のと、丸山《まるやま》のが、お弁当ツートップだね」

いつの間にか、丸山のことが話題にのぼっていたらしい。みんなが深く頷くのを横目に、友梨は丸山太貴《たいき》のほうを見た。よく日焼けした彼はフットサル部で、がさつでぶっきらぼうだけれど、わりと女子には人気がある。そして彼が持参するお弁当は、友梨のお弁当みたいに華やかというわけではないが、料理自体に手が込んでいて、エビのフリッターとかミートローフとかラザニアとか、ちょっとお店で出てきそうなものだったりする。彼の母親は、かなり料理が上手なようだ。

じっと見ていると、視線を感じたのか丸山が振り向いた。友梨はあわてて目をそらす。目をそらしても、彼がこちらを見ているのを感じて、なんだか居心地が悪かった。

オタマジャクシはやめて、ウサギとかにしない？　手芸部の顧問の先生が言った。文化祭のバザーに出すのだから、たぶんウサギのほうがいい。ほかの部員だって、クマとかペンギンとか、子供も好みそうな路線だ。素直に納得し、先生がコピーしてくれたウサギの図案でつくることにした。

オタマジャクシをおもしろがってくれる部員もいたが、たいていは、気持ち悪いと言った。お腹の渦巻きと、後ろ足がちょろっと生えているところがダメだそうだ。

吉住さんって、カエルが好きなの？　怖くないの？

先輩に訊かれて、ちょっと失敗したなと思った。その先輩は、カエルが大の苦手だそうだから、友梨のことも変な子だと思ったに違いない。最初からウサギにしておけばよかったのに、ほんの思いつきで間が悪いことになってしまう。そういうときも、目に見えない何かがいたずらをしているのだろうか。

帰りに駅前の書店に寄ることにしたが、それもまた、小鬼のいたずらだったのかもしれない。手芸本のコーナーで、友梨はばったり芽依に会ってしまった。

同じ高校に進学したものの、クラスは別になり、芽依とはあまり話さなくなった。中学のときはあんなに仲良くしていたのに、なんとなく遠ざかってしまったのは、友梨にしてみれば、打ち明けたお父さんの秘密を周囲に話されたことがあるからだ。高校に入って、クラスに友梨の家のことを知る人がいなくなったのに、また芽依に言いふらされたくないという警戒心もあった。一方で芽依も、友梨への負い目を感じていたのか、あまり話しかけてこなくなったのだ。

けれど、顔を合わせてしまえば避けようもなく、無視するわけにもいかないと立ち止まる。

「あれ？　偶然。友梨も買い物？」

芽依もごくふつうに話しかけてきた。

「うん、部活で使う本を買いに来たの」

「そっか、手芸部だったね」

中学のときもそうだったから、芽依が知っていても不思議ではない。友梨も、彼女がまたフットサル部に入ったと知っている。

「芽依はどうしたの？　手芸に興味……なかったよね」

「そんなことないよ。わたしだって、何かつくってみたいなって思って。ねえ、簡単なお弁当バッグとか、つくれる本ないかな」

それなら、と友梨は棚から一冊手に取る。芽依は本当につくる気があるらしく、熱心に中を確かめている。

「初心者でもできると思う？」

「これなんか簡単だよ。好きな生地を選べばいいし」

「そっか、この色でなくてもいいんだ？　うーん、何色がいいかなあ」

意外と、友梨もふつうに話せている。中学を卒業してからも毎日会っていたかのような気安さは、あっけないほど簡単に戻っている。

「芽依が手作りって、自分のじゃないよね？」

だから、芽依の考えていることもすぐにわかる。中学のころから、彼女はわかりやすい。

「まあね」

紅潮した顔を見るに、わりと本気のようだ。

「誰？　同じクラスの子？」

「うーん、ないしょ。片想いだし」

でもたぶん、自信がないわけではないのだろう。芽依は目がぱっちりしていてかわいらしいし、好かれて困るという男子はいないだろう。

「ね、生地を決めたらさ、友梨、つくるの手伝ってよ」

これは、友梨がほとんどつくることになるのではないか。でもまあいいかと思ったのは、芽依がうらやましく見えたからだ。うきうきしているのがうらやましい。好きな人がいるというのは、それほど楽しいことなのだろうか。

本を買って、芽依といっしょに店を出た。彼女はバス通学だから、駅前からバスに乗るのだろう。友梨は電車だ。

「友梨の新しい家、ここから電車でかなり遠いんだよね」

「途中で普通に乗り換えて、大町の近くだから、電車に乗ってるのは一時間くらいかな。まあでも、通えるだけいいよ」

お父さんの仕事の都合で引っ越した、と周囲には言っている。べつに間違いではないと思う。芽依がそれを知っているかどうかはわからない。

「大町かあ。あのへんって、遊べるところないイメージ」

地元の感覚では、大町が一番の繁華街だ。友梨の住む粟地《あわじ》町はもっと何もない。

「ないね。うちの周りは田畑ばっかりだし」

お父さんの農業のことをなるべく言いたくはない友梨は、あまりアピールをする気もない。それに、家の話になれば、芽依とギクシャクすることになった原因を思い出してしまい、また気まずくなりそうだ。

友梨の戸惑いを、芽依も感じたのか、それともたまたまか、駅前に貼ってあったポスターに目をとめ、彼女は話を変えた。

「ねえ、隣町の神社、恋愛成就の神さまなんだね。知ってた？　行ってみようかな」

そこそこ大きな神社だから、友梨も知っているが、恋愛の御利益は知らなかった。厄除けで母と行ったことがあるから、むしろそちらで有名なのだろうけれど、最近は恋愛にも力を入れているのか。

「芽依は好きだね、おまじないとかも」

「友梨はきらいなの？」

「どうせ効かないし、って思っちゃうのよね」

「効くよ。これが意外と、かなったりするんだから。ダメ元でやってみれば？」

「でもわたし、好きな人とかいないし」

「いいなって思う人くらいいるでしょ？」

いないはずはないと、芽依からは強い圧を感じるが、友梨にはピンとこなかった。

そもそも、友達として仲良くできる人と、好きな人との違いはどこなのだろう。いっしょにいて楽しいとか、もっと話したいと思ったとしても、異性に限定した感情かどうかよくわからないのだ。

「芽依は、告白はしないの？」

話をそらす。芽依はため息をついた。

「彼ね、家庭的な子が好みだって噂《うわさ》なんだ。わたし、そんなふうに見えないでしょ？」

「家庭的って、よくわかんないけど、家事が得意ってこと？」

「お母さんが、かなりよくできた人なんだって。料理上手なのはもちろん、家の中はいつもピカピカで、家へ遊びに行った子は、手作りのお菓子まで出てきてもてなされたって。しかもかなりの美人だから、彼の理想も必然的に高くなってるみたい」

彼女にお母さんの役割を求めるってどうなのとか、マザコンの気があるんじゃないとか思ったけれど、自制する。せっかく芽依と以前のように話せているのに、また小鬼の意地悪に引っかかってしまうところだ。

「それで、手作りに挑戦するんだ？」

「ま、そういうこと」

恋をすると、苦手なことにも挑戦しなければならないのか。大変だなと思う。一方で、苦手なことだというのに楽しそうな芽依が、純粋にかわいらしく見えた。

＊

「あれ、なんて野菜？　白っぽいの」

丸山のほうから話しかけてくるなんて、初めてではないだろうか。渡り廊下で、友梨は立ち止まる。すぐ外にある水飲み場にいた彼は、確かにこちらを見ているから、友梨に声をかけたのは間違いなさそうだ。

「吉住の弁当に入ってただろ？」

そういえば、昼食の時間にそばを通りかかった丸山に、お弁当をじっと見られたような気がしていたが、気のせいではなかったらしい。

「うん……、白いパプリカ。めずらしいでしょ？」

クラスの数人で話の輪に加わっていても、彼は頷いているだけで言葉を発することが少ないのに、よほどパプリカが気になったのだろうか。白いパプリカは、お父さんが育てたのだ。まだ収穫量は少ないし、家で食べているだけで、色も真っ白というよりほんのり黄色味がかっている。

「白いのってあるんだ。味は？」

「お弁当のはピクルスだから……」

ピクルスの味、なんて言えば、自分でつくったのではないことがバレてしまいそうで、友梨は口をつぐんだ。続きを待っているのか、丸山も黙っているから、微妙な空気が流れる。

「ふつうのパプリカと同じだよ」

赤いのと黄色いのでも味は違うんだと、お父さんが言っていたのを思い出すが、友梨にはよくわからない。料理が得意なはずなのに、パプリカの微妙な違いを同じだと言うなんておかしい、と丸山が思ったかどうかはわからないが、まだ納得できないように、友梨をじっと見ている。それ以上突っ込まれたくないから話をそらそうとして、彼が流しで洗っていたらしいお弁当箱に、友梨は目をとめた。

「お弁当箱、いつも洗って帰るの？」

彼は頷く。

「丸山のお弁当っていつも凝ってるよね。お母さん、料理上手なんだろうなって、みんな言ってるよ」

無難な話題だったつもりだけれど、彼は気分を害したように見えた。

「ピクルス、どうやってつくってんの？」

また話が戻る。ぶっきらぼうな口調はいつもそんなふうだけれど、今はもっと攻撃的に聞こえた。実際、彼にとってはそういう意図だったのかもしれない。

「えっ、どうって……」

「つくりかた、教えてよ。自分でつくってるんだろ？」

「興味、あるの？　料理に？」

「あるわけないだろ」

支離滅裂だ。

「……そうだよね。料理なんてできなくても、おいしいもの食べられるもんね」

彼はにらむように友梨を見ている。ピクルスのつくりかたなんてわからないから、友梨は困惑したまま黙っているしかない。

友梨から視線をそらし、洗い終えたお弁当箱を勢いよく振って水気を切る。小さなしぶきが、キラキラと舞う。友梨は、お父さんが畑に撒《ま》く水に虹が光るのを思い浮かべる。お父さんはいろんな野菜をピクルスにして、瓶を並べている。家の台所では、色とりどりの瓶が、窓辺でキラキラ輝いている。

「本当に料理できんの？」

そうか、丸山は、本当のところ友梨が自分でお弁当をつくっていないのではないかと勘ぐっているのだ。でも、だからって、突っかかってくるのはどうしてだろう。

お弁当袋に洗ったものを放り込んで、丸山はくるりと背を向ける。友梨は黙ったまま、彼の背中とぶら下げたお弁当袋が遠ざかるのを眺めていた。

使い込んだお弁当袋だ。紐を通したところがほつれている。何度も洗って使い込んだ生地も、ずいぶん色あせていた。

友梨はふと気がついた。芽依の好きな男子は、丸山だ。同じフットサル部だし、芽依が言っていたように、母親が料理上手で完璧だというのも合う。何よりあのお弁当袋だ。新しいものをつくってあげたいと思ったに違いない。

それにしても、友梨は不愉快な気分だった。どうして丸山は、友梨のお弁当のうそに気づいたのだろう。思い浮かぶのは、芽依が話した可能性だ。芽依とはまた、以前のようにつきあえそうな気がしていたのに、やっぱり気を許してはいけないのだろうか。いや、そもそも友梨がお父さんのことを秘密にしているからややこしいのであって、父親が家にいることくらいどうってことはないと割り切ってしまえば、何の問題もない。実際に芽依にとっては、友梨の家の事情なんて、ちょっとした会話の足しでしかない。隠すほどのことでもないと思っているのだろうし、悪気はないから話してしまうのだ。

しかし、芽依から聞いたとしても、丸山にとっては聞き流すようなことではなかったのか。どういうわけか、友梨のうそが気に障っている。

いったい何なの？　こんがらがった毛糸みたいに、ほどけそうにない。


しゃしゃもしゃや〜

もしゃしゃの中のしゃしゃもしゃや〜


帰りの電車を待ちながら、友梨は駅のベンチで編み物をする。部活ではウサギを編んでいるが、学校を出たらオタマジャクシだ。

編み物が好きなのは、思い描いたものが少しずつできあがっていくからだ。手を動かせば、だんだんと形になる。選んだ色と、編み方の組み合わせ、編み目を飛ばしたり増やしたりすれば形も変わる。友梨の手の中で、オタマジャクシができていく。頭の中にあったものが、目の前に現れる。でもウサギは、友梨が考えたものじゃない。

作業は同じだけれど、たぶん友梨は、編むことそのものよりも、想像したものをつくり出すことが好きで、その手段がたまたま手芸だっただけなのだ。

だったら友梨は本当に手芸が好きなのだろうか。手芸部は女子部員ばかりだ。女の子らしい趣味なのに、足の生えかけたオタマジャクシは女の子らしくないからバザーには出せないなんてことに引っかかって、せっかく好きなものを編んでいても楽しめない。

つい乱暴に毛糸を引っ張ってしまうからか、固い結び目ができてしまう。

もしゃしゃなければ
しゃしゃもしゃもなし〜

いったい、もしゃしゃしゃって何だろう。

「ふうん、オタマジャクシか」

顔を上げると、和島瑛人がこちらを見下ろしている。はっとして、友梨は編みぐるみを急いでカバンに突っ込んだ。

「なんで隠すの？」

「ていうか、どうして瑛人くんがここにいるの？」

「叔母さんのお見舞い。病院がこの近くなんだ」

それで彼も帰るところらしい。

「もしゃもしゃって何？　今つぶやいてただろ？」

「絡まった糸をほどくおまじない」

「じゃあ、ちゃんとほどかないと、ますます絡まるよ」

彼の言うとおりだ。どうせオタマジャクシは見られてしまったし、友梨はあきらめて編みかけを取り出す。

「おまじないで、本当にほどけるの？　やってみてよ」

瑛人は隣に座って、興味津々で友梨の手元を覗き込んだ。ひいおばあちゃんに教わったとおりに、唱えながらほぐしていく。やがてきれいにほどけると、瑛人はまじめな顔で驚いている。

「不思議でしょう？　いつも時間がかかってうんざりするんだけど、呪文を唱えたらずっと早くほどけるの」

「へえ、ほどこうとあちこち引っ張るより、無心になってまんべんなく力を加えたほうが、糸がゆるむってことなのかな」

「じゃあ、呪文は何でもいいのかな？」

「いや、その言葉にも力があるんじゃない？　糸をほどく呪文だっていう意識で、昔から使われてたなら、きっと言霊《ことだま》が宿ってるんだ」

「言霊って、言ったことが本当になるってやつね」

「うん。そのゆるーいリズムや音のイメージで、リラックスできるのも効果的なんだろうな」

「なるほど、そうなのかも……。ひいおばあちゃんは、小鬼を追い払うって言ってたけど」

小鬼か、と瑛人は楽しそうに笑う。こういう話題でも小馬鹿にしないから、友梨は瑛人と話すのが好きだ。

「小鬼が毛糸に、一生懸命結び目をつくってるとすると、数学のできる奴らだね」

「数学？　どうして？」

「結び目理論っていうのがあって、紐状のものは、自由に動いているうちに必ず絡まってしまうんだって。で、そのパターンも決まってる、らしい」

「じゃあその、決まったパターン以外の絡まり方はしないってこと?」

「うん、だからそのもしゃしゃの神さま? もパターンを熟知してて、小鬼がどの結び目をつくっても、たちどころにほどいてしまうんだよ、きっと」

小鬼と神さまが数式を駆使して対戦しているところを想像し、友梨は笑ってしまった。

「オタマジャクシ、後ろ足が生えかけてるんだね」

「これね……、ま、瑛人くんになら見せてもいいか」

カエルになるなんて、とても想像できないようなオタマジャクシ、そこに足が生え、尻尾がなくなるなんてどういうことだろう。幼かった友梨には神業としか思えなかったから、編みぐるみをつくるとなったときに思い浮かんだのだ。

「秘密にしてるの?」

「オタマジャクシを編みたいって言ったら、みんな気持ち悪いって言うのよね。もっと女の子らしい動物の編みぐるみにすればばって。でも、女の子らしい動物って、なんだろ。哺乳類ならドブネズミでもいいの? よくわからないな」

「そうか、オタマジャクシ。友梨ちゃんらしい」

瑛人が笑う。彼には、ゆったりとした独特のテンポがある。どこか周囲とは違う空間にいるかのようなのだけれど、地元で会うときも、繁華街の駅でも変わらない。友梨は巻き込まれて、オタマジャクシでもやもやしていた気持ちも消え失せる。

「小さいころ、田んぼのオタマジャクシを真剣に見てたよね? 友梨ちゃんは、虫も花もトカゲでも、興味津々だったからなあ」

たぶん、マンション暮らしでは見ないものが、ひいおばあちゃんの家やその周囲にはたくさんあって、じっと見ていても飽きなかった。思えば瑛人も、そういうものをずっと見ていられる子供だったから、よくいっしょに過ごしていたのではないだろうか。

長い時間ふたりで、黙って田んぼの縁に座っていたから、お互いが現実の友達なのか空想なのか、曖昧にもなったのかもしれない。

「これも、後ろ足とお腹の渦巻きにすごいこだわりを感じるよ。この感じ、形とか」

女の子らしく、お姉さんらしく、高校生らしく、何かとそんなふうに言われてきて、疑問ばかりが頭に浮かぶのに、友梨らしいという瑛人の言葉には、不思議とキラキラした思いで胸を満たされる。編みかけのオタマジャクシが、友梨の手の中で、ほわっとあたたかくなったように感じられる。

もしゃしゃのおまじないがほどくのは、糸だけじゃないのだろうか。

「らしいって、何だろうね。わたしなんて手芸部で、お弁当を自分でつくってるからって、女の子らしいって言われることあるけど、編みぐるみは不気味だし、お弁当は自分でつくってるなんてうそだし」

「ふうん、そんなうそついてるんだ」

どういうわけか、瑛人には話せてしまう。お父さんが家事をしていることを、隠す必要がないからか。

「だって、野菜にこだわっててヘルシーだし、やたらおしゃれな女の子向けのお弁当なのに、お父さんがつくってるなんて言いにくくて。それに、お父さんが無職だってこと、中学のときにはいやなこと言う子もいたから」

友梨のお父さんは、みんなのお父さんとは違う。毎日家にいるし、ジャージ姿で昼間からスーパーで買い物をして、家族のご飯をつくる。ゴミ出しも、掃除もアイロン掛けもする。

でも、それは恥ずかしいことだろうか。

「この前ね、クラスの男子にお弁当のこと突っ込まれたの。ピクルス、どうやってつくるのかって。わたし、わからなくて答えられなかったけど、あの子はうちのお父さんが無職だって知ってるのかも」

「知ってて、わざとつくりかたを訊いてきたってこと？」

そんな気がする。

「答えられなかったら、本当に料理できるのかって言われた。彼のお母さんは料理上手で、毎日お弁当が凝ってるの。とにかく完璧な人らしいから、できもしないのにできるふりしてる女はむかつくのかなあ」

「完璧なお母さんか。そんな人いるのかな」

瑛人が首をかしげると、くせのある前髪がふわりとゆれる。また友梨は、不思議なものを見ている気分になる。

「うちのお母さんは、酒造りに詳しいけど、全く飲めない」

「えっ、ホント？」

飲めないのは意外だけれど、ちゃんと仕事ができるなら問題ない。ただ、それを完璧じゃないと思う人もいるのだろう。でも、そんなのは偏見で、和島酒造の奥さんでもある瑛人の母親は、ご近所でも評判の若女将だ。

完璧の基準なんて、人それぞれなのだとしたら、どうしてみんなは、丸山の母親を完璧だと思うのだろう。

待っていた電車が、ようやくホームに入ってくる。友梨と瑛人は立ち上がる。うっかり膝から落としてしまった毛糸玉を瑛人が拾う。

友梨のカバンからつながった、藍色の毛糸玉を持ったまま、瑛人は歩き出す。オタマジャクシの渦巻きから、まっすぐ伸びた糸が彼につながっているのが、なぜか妙にくすぐったかった。

*

青いお弁当袋は、使い古されていた。くすんだ青は、最初はもっと鮮やかだったのだろうか。縫い目の糸もほつれかかった袋に、丸山は食べ終わったお弁当箱を入れて、机の中に突っ込む。彼の机の中は、教科書やプリントでぐちゃぐちゃになっていて、あまり整理整頓が得意ではなさそうだ。

斜め前の席で、友達とふざけ合うように話している丸山の背中を、友梨は見るともなく見ている。芽依は彼のことが好きだ。彼はどうなのだろう。芽依がお弁当袋をつくったら、喜んで受け取るのだろうか。

友梨にはわからないが、それは友梨が、丸山のことを知らないからだ。どうして、ピクルスのつくりかたを訊いてきたのか、どうして友梨に腹を立てたのか、芽依ならわかるのだろうか。

芽依が教室のドア際で友梨に手を振る。お弁当グループの輪を抜け出し、友梨は廊下へ出る。

「ねえ、放課後ちょっといい？　例のあれ、教えてほしいんだけど」

手芸のことだろう。いいよ、と友梨は頷く。芽依はうれしそうだ。

「生地は決まったの？」

「うん、いい感じのブルーにしたんだ」

丸山は、青が好きなのだろうか。芽依の視線は、教室内に注がれる。丸山がいるほうを見つめる芽依は、友梨が知っている芽依よりもっと大人っぽくてきれいだ。不思議な思いでいると、廊下の向こうから話し声が聞こえてきて、友梨ははっとさせられた。

「丸山のお母さんが、家出したんだってよ」

そんなことを廊下で話している、男女の一団がいる。名前に反応したのは、もちろん友梨だけではない。

「家出？　マジで。じゃ、あいつの家、今お母さんいないってこと？　あの豪華な弁当、誰がつくってんだよ」

「さあ、家政婦さん、とか？」

「いや、案外あいつがつくってんじゃない？　だってさ、料理に詳しいんだよな。中学のときも、調理実習の手際よかったし」

黙り込んで、芽依はその話に気を取られている。友梨もつい聞き耳を立ててしまう。

「まさか。あの丸山でしょ？　単純だし、勉強もテキトーだし、フットサルしか興味なしって感じなのに、あんな面倒くさそうな料理できるの？」

「でもおれ、前にあいつの部屋へ行ったとき、ケーキの本が置いてあるのを見たことあるぞ。母親が置き忘れたとか言ってたけど、ふつう、息子の部屋へ持って来るか？」

「ケーキ？　イメージ変わるー」

「家事が完璧なのって、お母さんじゃなくてあいつだったのかも」

「じゃ、お母さんがいなくても困らないんだ」

「あいつ、主夫になれるんじゃね？」

「えー、似合わない」

クスクス笑う声に、芽依が深呼吸するのがわかった。と思うと、彼らのほうに一歩踏み出す。

「似合わないって何よ。好きなことして何が悪いの？　難しい料理ができるなんてすごいじゃない。何も知らないくせに、勝手なこと言わないでよ」

一瞬戸惑ったような彼らだったが、すぐにニヤニヤと笑うと、芽依に詰め寄る。

「えっ、ホントに丸山が料理してんの？」

「なになに、隠してたのって、自分のイメージ崩れるから？」

「で、お母さんの家出も本当？」

「あんたさ、丸山のこと知ってるって、もしかしてつきあってんの？」

顔を赤くした芽依は、今にも爆発しそうだ。切れたらきっと、ますます言わなくていいことを言ってしまうに違いない。と、友梨がおろおろしている間に、別の声が割り込んできた。

「そんなわけないだろ」

丸山だった。ドアに片手を添えて彼は、硬直する芽依と、噂をしていた同級生をにらむ。

「でもさ、こいつ、おまえのことよく知ってるみたいじゃん」

「こんな口の軽い女に、自分のこと話すかよ」

低く言い捨てると、彼は足早に去って行った。チャイムが鳴る。噂話をしていた一団が急いで散っていく。芽依はしばらく立ちつくしていたが、のろのろと歩き出した。友梨は、かけるべき言葉が見つけられなかった。


芽依はけっして口が軽いわけじゃない。ただつい、余計なことを言ってしまうだけ。本当はとても友達思いで、人を傷つけたりなんてしない子だ。友梨はよく知っていたはずなのに、誤解をしていたことに、今ごろになって気がついた。

少しばかり軽率かもしれないけれど、今も芽依は、丸山のために口を出したのだ。周囲のいい加減な噂に釘を刺したのに、彼にも誤解されてしまった。

放課後、友梨は芽依のクラスへ行ってみたが、彼女はもういなかった。部活へ行ったのだろうか。いや、今日はさすがに丸山の顔を見ることができないのではないか。友梨は学校を出て、芽依がいつも使うバス停へと急ぐ。

手前の橋のところで彼女の姿を見つけるが、思い悩んだ表情に気づき、どう声をかけようかと悩みながら立ち止まった。

様子を見ていると、芽依はカバンから何かを取り出す。本だ。前に買った手芸の本、その表紙をじっと見ていたが、急に欄干から投げ捨てた。

「ああっ！」

声を上げて、友梨は駆け寄る。芽依のそばで下方を覗き見るが、水の少ない川は広く草が茂っていて、落ちたはずの本は見当たらない。

「どうして捨てるの？　せっかく生地も買ったんじゃないの？　丸山にあげるつもりだったんでしょ？」

突然現れた友梨に、芽依は戸惑った顔を向ける。

「友梨、気づいてたんだ」

「うん、まあ……」

飛び出してきておいて、気の利いたことも言えない。結局、うなだれてしまう。

「……だったらわかるでしょ。嫌われたのに、もう、つくったって無駄だよ」

でも、それは違うと思いたかった。

「誤解してるだけだよ。ちゃんと話せばわかってくれるよ」

「どうかな。わたしが余計なこと言っちゃったのは確かだし。ほかのところでもしゃべってると思われてるよ。……わたし、おしゃべりだもんね」

「おしゃべりでも、ほかのところでしゃべってないんでしょ？」

「友梨も、わたしが言ったと思ってるでしょ？　中学のとき、お父さんのこと」

あのとき誤解して、芽依とはこんがらがったまま、ほどこうともせずにいた。でも、固く絡まって切るしかないように思えていた関係は、案外簡単にほどけるようなものだったのだ。

「そう思ってたけど、違うんだよね？」

「ううん、つい、言っちゃったの」

「でも、きっとどこかでもう噂になってたんでしょ。うちのお父さんは仕事がなくて、お母さんの代わりに家事してるってさ」

芽依が言わなくても、ご近所や同級生の親から噂が広まってても不思議ではなかったのだ。

「それで芽依は、主夫のどこが悪いの、とかなんとか、さっきみたいに言ったんでしょ？」

芽依は少しほっとしたように、そして恥ずかしそうに顔をゆがめた。

「そんなんじゃないよ」

「ま、そういうことにしておこうよ」

半分泣き顔のまま、芽依は笑う。そうして、ふたりで歩き出す。バス停を通り過ぎ、駅へ向かっているうち、友梨の家へ行きたいなと芽依が言う。どうせ部活はサボったわけだし、友梨も芽依ともう少し話していたかったから、いいよ、と答える。

丸山は自分でお弁当をつくる。友梨のは、お父さんがつくる。芽依は、友梨のお父さんがどんな人なのか、知りたくなったのかもしれない。

家にいたのは、ひいおばあちゃんだけだった。そのひいおばあちゃんが、畳の上に這《は》いつくばっているものだから、非常事態かと友梨はあわてて駆け寄った。

「しっかりして、ひいおばあちゃん！　どうしたの？　気分悪いの？」

のんびりと体を起こしたひいおばあちゃんは、「おや、おかえり」と悠長に言う。

「ちょっともう、倒れてるのかと思ったじゃない」

「いやね、さがし物をしてたんだよ」

そうして、芽依のほうを見た。

「友達かい？」

「あ……、こんにちは、立花芽依です」

「ひいおばあちゃん、いったい何をさがしてたの？」

「糸切りばさみが見当たらなくてね。また小鬼が来たんだろうねえ」

「えー、危ないからわたしがさがすよ」

わたしも、と芽依も座り込む。

「いやいや、おまじないをやってみるよ」

ひいおばあちゃんは正座し、目を閉じて両手を合わせ、つぶやく。

「清水《きよみず》の音羽の滝は尽きるとも～、失せたるハサミの出《い》でぬことなし～」

一呼吸置くと、いつもは塞がりがちの目をカッと見開いて、周囲をくまなく見回す。おもむろに、散らかった座卓の上に視線を定めると、本や新聞紙やチラシやリモコンやペンやメガネをよけていく。と、そこから糸切りばさみがひょっこり現れる。

「わー、あったよ、すごい！」

芽依が声を上げた。友梨はもう、ひいおばあちゃんのおまじないには驚かなかったが、やっぱり不思議に思う。

「さっきもここをさがしたんだけどね。隠すなんて、本当に意地が悪いよ」

「誰かがハサミを隠したんですか？」

「うん、気をつけないと、小鬼どもは人を困らせるのが大好きだからね」

芽依はキョロキョロと辺りを見回す。

「ひいおばあちゃん、そのおまじないの清水って、京都の清水寺のこと？」

「そうだよ。清水さんの名前に、いたずら者は恐れをなして逃げ出すんじゃないかね」

ひいおばあちゃんはあらためて座り直し、糸切りばさみを使う。

「友ちゃんたち、ありがとうね。台所に大福があるから、二階へ行くなら持って行くといいよ」

「うん、そうする」

言われたとおりにし、おやつを手に二階の部屋へとふたりで階段を上がった。

「なんだか不思議なひいおばあさんだね。それにここも、別の世界へ来たみたい」

窓の外に広々とした田畑が広がる風景を見て、芽依ははしゃいだように言う。

「別世界かもね。小鬼がいるみたいだし」

「小鬼かあ。いても不思議じゃないかも。大きな家だもん」

「このへんじゃふつうだよ」

「座敷童《ざしきわらし》はいないの？」

「いないと思うよ」

「ふうん、それにしても、おもしろい呪文だよね。ハサミが見つかるのは、清水さんの神通力以上に確実、みたいなこと？」

「たぶん、そう断言しちゃうことで、言葉通りになるって信じられてるのかなあ。言霊ってやつ？」

前に瑛人が言っていたことを思い出しながら、友梨は言う。

「ああ、言葉に魔力があるってやつね。あれだね、必殺技とか、技の名前言いながらヒーローが敵を倒すってのがお約束だもんね」

「えっ、あれも言霊なの？」

「まあ、似たようなもんでしょ。おもしろいな。呪文が伝わってるのは、わりとみんな信じてるってことだしね」

「考えてみれば、受験も恋愛も、いざとなったら神頼みだもんね。たまにちゃんと信じてみたら、うまくいくってこともあるかもね」

もしゃしゃの呪文も、言葉に目的を委ねて無心になれるから効くのでは、と瑛人が言っていた。

信じるということは、相手に委ねることだから、自分を引っ込めて、先入観を引っ込めることを、呪文は教えてくれているのかもしれない。

「外が広々してるよね。このへん、友梨の家の土地？」

芽依はもう、ふだん通りに明るく振る舞っていた。ひいおばあちゃんの呪文で気が紛れたのだろうか。

「うん、うちの畑」

「温室もあるじゃん」

「うちのお父さん、農業をはじめたんだ。だからひいおばあちゃんの家へ引っ越したの」

芽依は上目遣いに友梨を見て、肩をすくめる。

「いいの？　誰かに言っちゃうかもよ」

「そしたら、芽依が丸山のこと好きだって言いふらしちゃうかも」

ふたりしてくすくす笑うと、なんだかもう、何でも芽依に話してしまいたくなった。

「ねえ、この編みぐるみどう思う？　オタマジャクシなんだけど、みんな気持ち悪いって言うの」

編みかけのオタマジャクシを取り出し、畳の上に置く。皮を剝いだような状態なので、ますます気持ち悪いかもしれない。

「何これ！　オタマジャクシ？　足生えてるよー。でもすごい、どうやって編むの？　めっちゃ器用だよね」

工夫して立体感を出している。芽依はそういうところに気づいてくれる。オタマジャクシなんて変だと思っていても、いいところも見つけようとする。

「これ見て、わたしらしいって言ってくれた人がいるんだ」

「らしい、か。友梨のことよく知ろうとしてくれてる人なんだね」

よく知ってる人、じゃなくて、よく知ろうとしてくれてる人。そのほうがずっとうれしく感じる。

瑛人がそうだったら、考えるだけでワクワクする。

「芽依も、周りのことよく知ろうとするよね」

だから友梨は、彼女がちょっとおしゃべりだと知っていても、つい自分のことを話したくなるのだろう。

「でもわたし、思い込みも激しいからなあ。ほら、中学のとき、彼は友梨の味方をしてくれると思ったのに」

「彼？」

「畑中くん。友梨のこと好きだったから」

主夫なんていやだと、女は働かなくてもいいけどさ、と答えた彼のことだ。

「えっ、わたしのことを？」

「気づいてなかった？」

もし芽依の言うとおりだったとしても、好きな子の味方を、みんなの前でするのは難しすぎたかもしれない。

「ごめんね、友梨」

「もういいじゃない。ずっと前のことだし」

「もうひとつ、あるんだ。実を言うと、丸山に、友梨のお父さんが主夫だって話しちゃった」

やはり。それで丸山は、友梨にお弁当のことで突っ込んできたのだ。

「丸山は、自分が料理好きなことを恥ずかしがってたから？　うちのお父さんみたいな人もいるって教えてあげたかったの？」

申し訳なさそうに、芽依は頷く。

「友梨が、自分でつくってるって言ってるのは知らなかったの。丸山にとって、お父さんがつくる料理は興味があると思ったから、つい」

友梨が、お弁当をお父さんの手作りだと言えなかったのは、丸山が料理好きを言い出せなかったのと同じような感覚だろう。周囲とは違うから、それだけだ。お弁当だけでなく、オタマジャクシの編みぐるみにも引け目を感じてしまっている。

「彼ね、わたしのお弁当見てつくりかたを訊いてきたの。それで、本当に料理できるのかって、痛いところ突かれたよ。やっぱり、本当のこと知ってたんだ」

友梨はおかしくて笑ってしまう。

「それにしても、芽依は丸山が自分でお弁当をつくってるって、どうして知ったの？」

芽依は深くため息をつく。

「丸山のお母さんと、うちのお母さんが仲良しなんだ。ママさんバレー仲間。それでいろいろ聞いてるんだけど、丸山のおばあさんが入院して、お母さんは、看病や実家のお店の手伝いに行ってるみたい」

「それでお母さんが家にいなくて、家出したとかあの子たちが噂してたのね」

「ほんと、好き勝手なこと言ってたよ」

憤慨して、芽依は腕組みする。

「だけど、それ以前から彼はお弁当をつくってたんだよね」

「うん、丸山のお母さんは料理が苦手なのに、なぜか息子が料理好きなんだって言ってたらしいの」

「じゃ、噂みたいな、何でもできるお母さんじゃないってこと?」

「丸山の料理が上手すぎて、しかも彼は自分が料理好きってことが恥ずかしいみたいで周囲に黙ってるから、完璧なお母さん像が噂で一人歩きしたらしいよ」

そうして丸山のお母さんは、裁縫も得意ではないようだ。芽依もとっくに知っているのだろう。

「手芸の本、お弁当袋をつくりたかったんだよね」

それには芽依は、うなだれた。

「もう、いいんだ」

丸山の料理への熱意を知っていて、そうやってつくったお弁当をいつもきれいに食べて、ときどき友達に分けては感嘆の声に目を細めて、お弁当箱を丁寧に洗っているのも知っていて、芽依は、それを包むお弁当袋をつくりたかったのだろう。彼のお弁当にふさわしい、お弁当袋を。

「よくないよ」

丸山の手作りお弁当はステキだ。芽依はそのことを、誰よりも知っているのだから、丸山にも気づいてほしい。

誰かが自分を、よく知ろうとしてくれているということを。

*

「見つけられっこないよ」

川原へ下りていく友梨の後を追いながらも、芽依は不服そうだ。

「だから、もし見つかったら、つくるのよ。お弁当袋」

昨日、芽依が捨てた手芸の本をさがして、友梨は草むらを覗き込み、ススキの穂をかき分ける。

橋の上から投げたのだから、このあたりにあるはずなのだ。

「つくったって、もう渡せないよ」

「そんなのわかんないでしょ」

「つくりたくなったら、また本を買うよ。何も捨てたのを拾わなくたって」

「ここで見つけることに意味があるの。本が出てきたら、つくれって言われてるようなものじゃない」

「誰に？」

「……神さま？　っていうか、そういう巡り合わせだってこと。そうだ、あのおまじない」

友梨は、ひいおばあちゃんがなくし物をさがすときに唱えていたおまじないを思い出す。

「ええと、清水の音羽の滝は尽きるとも〜、失せたる本の出でぬことなし〜」

そしてまたさがす。ため息をつきつつも、芽依も草をかき分ける。

「おーい！　そこで何やってるんだよ」

土手の上から声がした。顔を上げると、丸山がこちらに下りてこようとしている。

「立花、昨日も部活サボっただろ。無断欠席すんなよ」

芽依は戸惑っているが、丸山は心配して来たのではないだろうか。

「ちょうどよかった、丸山も手伝ってよ」

「えっ、ちょっと、友梨」

「手伝えって、何を？」

「芽依が落とした本をさがしてるの。手芸の本」

「は？　手芸？」

言いつつも、草むらへ入ってきた丸山は、手伝う気らしく周囲を見回した。

「このへんに落としたのか？」

「その橋の上から落ちたんだ」

「じゃ、そのへんは見た？」

「うん、もうさがしたけど、見落としてるかも」

よし、と彼は気合いを入れると、草をかき分けながら何やらつぶやきはじめた。

「清水の音羽の滝は尽きるとも〜」

「そのおまじない、知ってるの？」

芽依が驚いて問う。

「ばあちゃんがよく言ってた」

「入院してるおばあさん？」

「ああ」

「そっか。なんか、見つかりそうな気がしてきた」

自分に言い聞かせるように頷いて、芽依も同じおまじないをつぶやく。そんな彼女をじっと見ていた丸山は、苦しそうに顔をゆがめた。

「ごめん」

急に丸山は、芽依に向かって頭を下げる。

「立花は、わかってくれてるのに、味方してくれたのに、ひどいこと言った」

芽依はあわてて首を振った。

「ううん、わたしがつい、余計なこと言っちゃったから」

「気持ち、わかる。わたしもお弁当のことうそついてるから」

友梨がからりと付け加えると、こちらを見て丸山は苦笑いする。

「でも芽依は、いつでも本当のことを、そのまま受け止めてくれてるんだよね」

だから友梨は、芽依が落とした本を見つけたい。

「イメージって何だろうな。おれのイメージ？　崩れたらいけないのかな。ずっと考えてたんだ」

もし誰にもわかってもらえなかったら、そう思うと怖いから、崩さないようにしているけれど。

「そうだよね、わたしも、お父さんのイメージを崩したくなかったけど、お父さんは、わたしや家族のために料理して、野菜を育ててる。ほかの子に何か言われたって、どうでもいいことなのに」

「おれ、吉住のお父さんのこと、知りたかったんだ。なんか、この前は突っかかるみたいな言い方になってしまったけど」

「じゃあうちへ来ればいいよ。芽依といっしょにおいでよ。お父さん、野菜やその料理の話なら喜んでするると思うし」

丸山は、気恥ずかしそうに、でもうれしそうに微笑んだ。友梨はそのとき、彼の足元に白いものを見つけ、声を上げた。

「あっ、丸山、なんか踏んでる」

あわてて彼は足を上げる。落ちていたものを拾い上げ、汚れを払いながらまじまじと見る。

「これ……」

手芸の本だ。芽依が落としたものに間違いない。

「簡単ランチバッグ？　手芸って、弁当袋の本かよ？」

そう言った丸山の手から、芽依はあわててひったくるように奪う。

「隠さなくてもいいじゃん。立花が手芸好きだからって、似合わないとは思わないし」

「手芸好きっていうか、ちょっとつくってみたくなっただけだよ！　だって、ボロボロのを見てたらさ、せっかくおいしいお弁当を入れるのにって思えて」

ふうん、と言った丸山は、わかっているのかいないのか。

「ついでに丸山のも、つくってあげたら？　ね、芽依」

友梨が口をはさむ。丸山は意外そうにまばたきし、それから短い髪をくしゃくしゃと掻《か》いた。

「じゃ、たのむ」

「……うん」

ふたりして、頰を赤くしていた。


糸は絡まるのが自然だという。人と人ともそうなのだろうか。

絡まった糸も、ゆったりした気持ちでほぐしていけば、きっとほどける。あせって結び目が固まったり、つい力ずくで引っ張ると切れてしまうかもしれないけれど、おまじないがあるから大丈夫だ。


しゃしゃもしゃや～


芽依との糸は切れなかった。友梨はまた、彼女と過ごす時間を編んでいけるだろう。

オタマジャクシの短い尻尾ができあがった。カエルになるとなくなる尻尾は、トカゲみたいに切れてしまうのではなくて、だんだん短くなって、やがてなくなる。ほどいた毛糸を足に編み直すかのように、尻尾の中身が足につくり直されるのだろうか。

夢中になって編んでいると、毛糸玉が座卓から転がり落ちた。そのまま畳の上を転がっていく。友梨がのばした手を逃れて、廊下へ、どんどん転がっていく。縁側から外へ飛び出してしまいそうな勢いに、友梨はあわてて立ち上がろうとする。

「シッ!」

掃除をしていたひいおばあちゃんが、毛糸玉をにらんでつぶやくと、転がる玉がちょうど柱にぶつかって止まった。

ひいおばあちゃんは、縁側から外へほうきで何かを掃き出す。たぶんゴミとかほこりだ。でも、友梨はほうきで追い出される小鬼を想像する。

毛糸玉の周囲を掃き終えると、ひいおばあちゃんはガラス戸をぴしゃりと閉めた。

これでもう、ヤツらに編み物のじゃまはできないだろう。友梨は心置きなく集中できる。文化祭のバザーには、かわいいウサギといっしょにオタマジャクシを紛れ込ませてやる、と想像し、ちょっと楽しくなりながら友梨は編む。

お父さんが畑から戻ってくる。大きなカボチャを手に、台所から友梨に声をかける。

「これ、グラタンにするか?」

大好物だからうれしいけれど、友梨はつい、素っ気ないそぶりで頷く。

「たくさんつくっておいてよ。お弁当に入れる分も」

生意気な口ぶりだと自分でも思う。でも、お弁当でも食べたい、というニュアンスをお父さんは感じ取ってくれたらしく、「おう」と上機嫌だ。

お父さんがつくったと、みんなに言えそうな気がする。カボチャのグラタンを、多めにタッパーに入れていって、お弁当仲間に分けてあげよう。こんなにおいしいものをつくる人が、自分のお父さんなのだと、友梨は胸を張れるはずだ。誰にもイマイチとか言わせない。

家にいて、料理や掃除をこまめにして、野菜を育てて、おいしいお弁当をつくってくれるのが、友梨のお父さんだ。

いつの間にか、友梨の周りから、厄介者の小鬼は消えていた。

第五話

虫の居所

おかっぱ頭の市松人形は、前髪が不揃いだ。けっして人形の髪が伸びたとか、怪奇現象のせいではない。山田セイがあずかったときからこうなっていた。

押し入れの奥から、久しぶりに人形を取り出す気になったのは、虫の知らせというやつだろうか。しかしまだ、なんとなく引っ張り出してみただけのセイは、長いことしまい込んでいたためにカビが生えたりしていないか、念入りに人形を確かめることにする。しわだらけのささくれた指で、すべすべした人形の頬を撫でると、遠い昔のことが思い出される。あの子は手のかかる子だった。でももう、そのことをおぼえているのはセイだけだ。

古くなった人形の衣服に、虫食いの穴ができている。セイは目を皿のようにして見る。

これはいかん。と立ち上がり、寝間を出て遼子をさがす。

「遼ちゃん、ああいたいた。樟脳《しょうのう》はどこだっけ?」

「樟脳? あれ臭いから捨てたよ。タンスの虫除けがあるから、それでいいでしょ?」

居間にいた遼子が、買い置きしていたタンスの虫除けを、戸棚から取り出す。樟脳とは違い、まったく匂いがしない。頭に響くようなあのきつい匂いがないなんて、効くのだろうかと、セイには少し物足りない気がするが、老いては子に、いや孫に従うしかないかと、それを手に部屋へ戻る。

人形の箱に入れ、これでよし、とつぶやく。

「おばあちゃん、それ、市松人形？」

遼子が覗き込んだ。

「そう。いいものだよ」

「どうして飾っておかないの？」

「あずかったものだからね」

「ふーん」

遼子はそれ以上興味は持たなかった。そういえば、遼子は人形遊びとは縁のない子供だった。外で駆け回るのが好きで、男の子のようだと思ったものだ。ひ孫の友梨は、どちらかというと動き回るのは苦手なようだが、手先は器用だ。

手のかかったあの子は、どんな子供だっただろう。しかしセイには、遊びに行けずに寝ている姿しか思い出せない。好きなものも、苦手なものもあったはずなのに。歳のせいだろうか、それとも、あの子がセイのことを忘れたがっているのだろうか。

問いかけても、人形だから答えてくれない。それでも人形は、答えを知っているような気がするのだ。

＊

こんなに田舎だったっけ。ほこりっぽい窓から外を眺め、広がる田畑と重なる山影を覆う寒そうな雲に奈菜《なな》は身をすくめた。ぴったり窓を閉めていても、隙間風を感じる。庭木も、山の木も紅葉に染まっているが、風流に感じるよりも、冬が近いという寂しさを感じるのは、今にも雨が降りそうな空のせいか。

昨日の夜遅く、奈菜は祖母である山田セイの家へやってきた。子供のころは、両親に連れられてたまに訪れていたが、母が亡くなり、父が再婚してからは訪れていない。祖母とも、それ以来会っていなかったが、突然訪れた奈菜を、昔と変わらず笑顔で迎え入れてくれた。

この家に、いとこである遼子の一家が住んでいるのは知らなかったが、十歳年上ながら、妹のようによく遊んでくれた彼女も歓迎してくれたので、ほっとしている。家出の原因はまだ話していない。とりあえず、もう遅い時間だからと客間で一晩を過ごし、朝を迎えたところだ。

それにしても静かだった。絶えず車の音が聞こえる都会のマンションとは違い、時折風の音がするだけだ。こんなに静かな時間は久しぶりだ。けれど奈菜は、この静けさがじきに破られることを知っている。

むずかるような声が聞こえる。布団の中で穏やかな寝息を立てていた紗和《さわ》が、寝返りを打ちながら目をこすっている。すぐそばの、見慣れない黒いふすまに威圧感があったのか、薄い眉の間にしわを寄せる。目覚めた途端、もうご機嫌斜めだ。見る間に口がゆがみ、けたたましく泣き始める。

奈菜は急いで抱き上げ、背中をさするが、なかなか泣きやまない。一歳を過ぎ、力も強くなったから、全力で体を反《そ》らして泣くと、奈菜の腕から落ちそうになる。泣き声は、きっと家中に響き渡っているだろう。

奈菜は片手でお出かけバッグを引き寄せ、お気に入りの人形を取り出して気をそらそうとする。

それでも時間がかかったが、やがて人形を握りしめた紗和は、嵐が去ったかのように泣きやんだ。

階段を上がってくる足音がする。紗和の泣き声が不快だったのかもしれない。心配していると、ふすまの向こうから声がかかった。

「おはよう。奈菜ちゃん。起きてる？」

遠慮がちな小さな声は、遼子だ。

「よかったら下りてこない？　朝ご飯、できてるよ」

ふすまを開けて顔を覗かせた遼子は、笑顔だったけれど、奈菜は申し訳ない気持ちで紗和をぎゅっと抱きしめた。

「ごめんね、遼ちゃん。休日なのに、早く起こしちゃったね」

「みんな起きてるから平気よ」

「だけど、夜中も何度か泣いたから、路也さんも友梨ちゃんたちも寝られなかったんじゃ……」

「ううん、みんな一旦寝たらちょっとやそっとじゃ起きないんだから」

遼子が紗和を覗き込んで目を細める。きょとんと見上げる紗和は、あんなに泣いていたとは思えないが、いつだって気分は急に変わるのだ。

「この子、よく泣くの。機嫌が悪いときはもう、手に負えないくらい」

「まだ一歳でしょ？　しかたないよ」

それでも奈菜は安心できない。身近にいる赤ちゃんで、紗和ほど泣く子はいないと思うからだ。

「だけど、まだ言葉も少ないし、どこかおかしいんじゃないかって言われると……」

「誰がそう言うの？」

「夫が。同僚の子供はもっとしっかりしてるそうなの。わたしの育て方がよくないから、紗和がわがままなんじゃないかって」

産院で知り合ったお母さんも、紗和の泣き方には驚いていたから、彼女の子供とも違っているのだ。

「わがままって、従順な赤ちゃんなんていないでしょ？　もしかして、それで、家出？」

奈菜は頷く。誰かに話したかったけれど、理解してもらえないかもしれない。たしなめられるかも、そう思ってしまって、友達にも親にも言えなかった。遼子だって、奈菜の母親としての未熟さにあきれるかもしれない。けれど、こらえきれずに言葉がこぼれる。

「夫の仕事が今忙しいみたいで、イライラしてるのもあるんだろうけど、休みの日は昼間も寝てて、紗和が泣いたらうるさいって怒鳴られて」

しかたなく奈菜は紗和を連れて外へ出た。でも、紗和と過ごせる場所がない。ファミレスも図書館も、大声で泣き出す子供がいてはいたたまれない。公園だってうるさがる人もいるし、居場所を転々と変えながら、ベビーカーを押して歩き続けた。

「しばらく外にいたんだけど、小さい子がいると、どこへも行けないの。困り果てて家に帰ったら、あの人、出かけたみたいで。だったらわたし、歩き回って疲れ切ってバカみたい。……それで、なんだかいやになっちゃって。おばあちゃんの家ならって思いついたから」

実家は遠くて、とても紗和を連れて帰れない。それに、奈菜には実母がいないから、なんとなく気兼ねしてしまう。でもここなら、自宅から一時間くらいの距離だ。紗和を連れての移動もなんとかなるだろう。そう思って電車に乗った。幸い紗和は、疲れたのかよく眠っていて助かった。

「旦那さん、心配してるんじゃないの？　連絡した？」

「祖母の家に行くって、メールした」

そのほうがあなたも落ち着けるだろうから、心配はいらないと書いたら、本当に心配していないのか、「おばあさんによろしく」と返事があった。

遼子はほっとした様子だったが、ここは亡くなった母方の祖母の家だし、山田という姓も住所も、夫は記憶していないだろう。父方の祖母のところだと思い込んでいるのだ。

「ま、とにかくご飯食べようよ。でないと元気も出ないから」


居間へ下りていくと、間もなく一家全員が勢揃いした。主人、であるはずの路也がご飯をよそってくれるので恐縮したが、この家ではふつうのことであるようだ。遼子が勧めるピクルスも、路也の手作りらしかった。中学生の拓也は、幼い子がめずらしいのか、紗和を笑わせようとしたりお茶目にふざけるが、姉の友梨は、きちんと挨拶はしたものの、昨日からずっと無関心だ。寝不足なのか、あくびをしている。紗和がうるさかったのではないかと心配するが、遼子があくびをたしなめると、勉強してたの、と面倒くさそうに言う。

「勉強って、動画ばかり見てたんじゃないの？」

「英語の勉強になるの」

お手上げとばかりに、遼子は肩をすくめる。

「ねえ奈菜ちゃん、言葉なんて、しゃべるようになって喜んだら、すぐ口答えするようになるよ」

友梨はむっつりとご飯を口へ運ぶ。

遠慮しつつも、キャベツとタマネギの味噌汁がおいしくて、奈菜の食は進んだ。野菜はあまり好きではない紗和も、しっかり食べている。キャベツの甘みがちゃんとあって、味噌汁とよく合うのだ。紗和が食事に集中してくれたおかげで、奈菜もきちんと食べられる。いつもはすぐにぐずってしまって、食べた気がしないのだ。

「疳《かん》の虫がいるんだね」

セイが紗和をじっと見て言った。

「えっ、虫？　どこに虫がいるの？　赤ちゃんの血を吸う虫？」

拓也が、驚いたように腰を浮かす。眉をひそめている友梨も、昆虫のようなものを思い浮かべているはずだ。

「その虫じゃないよ、疳の虫って知らないかい？」

「子供がかんしゃくを起こすと、そう言うよな。疳の虫が強いとか」

路也が言うと、遼子も頷いた。奈菜も聞いたことがあるが、身近に赤ん坊がいないと聞かない言葉だろう。

「へー、疳の虫？　ゲジゲジみたいなの？」

素直に拓也は問う。興味津々だ。

「昔の人はそう考えたのよ」

遼子が答える。

「なんだ、迷信か」

「迷信じゃないよ。細長い、白い虫だ。紗和ちゃんは虫を出してもらうといい」

「えっ、おばあちゃん見たことあるの？」

あるよ、と答え、セイはたくあんを口に入れる。

「あたしもよく、子供らの虫出しをしてもらったよ」

「虫を出すって、どうやって？」

「塩でもんだり、針でつついたり」

「やめてよ、おばあちゃん、紗和にそんな変なことさせたくないわ」

驚いて、奈菜は声を上げた。紗和がびっくりしたようにこちらを見上げる。

「痛くないって。遼ちゃんはやってもらったことあるだろ？」

「えーっ！　うそでしょ！　どこで？」

記憶にないらしい。遼子も嫌悪感を眉根であらわにする。

「そこは拝み屋さんだったよ。もうないけど、そういや薬屋でも疳の虫を出してくれたねえ」

「おばあちゃん、もういいって。虫がいるとか、不気味なんだから。それって要するに、お祓《はら》いみたいなものでしょ？　気休めじゃない」

「病は気からっていうだろ？　奈菜ちゃん、安産のお守りはもらわなかったかい？」

「だってあれは、ちゃんとした神社のだから。得体の知れない拝み屋なんて非科学的よ」

非科学的というなら、神仏だって同じだが、奈菜の感覚ではそういうものだ。虫を出すだなんて、狐が憑《つ》いていると言われるのと同じようなものだ。

紗和のかんしゃくは、医者も病気ではないと言う。神経質な性格なのだとか、刺激に敏感だから興奮させないようにとか、もっともらしい助言を受けるが、一応気をつけているつもりでも、ふつうの生活をしているだけで急にぐずり出す。奈菜はどうしていいかわからない。

今もまた、紗和がぐずり出しそうにしている。大人たちの会話が、言い争うように聞こえたのだろうか。

「はいはい、ごちそうさまにしようね。どれどれ、ひいおばあちゃんが抱っこしてあげよう」

あやそうと手を差し出したセイに、素直に抱っこされたので安心するが、そのまま立ち上がろうとした途端、セイは「あっ！」と声を上げたままへたり込んでしまった。

「おばあちゃん、どうしたの？」

「苦しいの？　痛いの？　やだ、どうしよう」

うろたえながら大人たちが駆け寄る。うめき声を上げ、硬直するセイのそばで、紗和が泣き出す。

「お父さん、救急車！」

脳溢血《のういっけつ》？　心臓？　とみんながあわてふためく中、セイがつぶやく。

「いや、こ、腰が……」

「おばあちゃん、もしかしてぎっくり腰？」

遼子の言葉に、セイは慎重に首を上下に動かす。

紗和の泣き声だけが、大きく響き渡っていた。
＊

布団に寝かされたセイは、心配顔のみんなに取り囲まれ、ばつが悪そうに笑った。

「大丈夫だよ、悪かったね、心配かけて」

「冷やしたほうがいいのかな、それとも温めるんだっけ？」

路也が湿布を手にうろうろする。

「ええと、どうだっけ」

「お医者さんに来てもらったら？」

「平気だよ」

「だけどおばあちゃん、もう九十なのよ。このまま寝たきりになったら大変よ」

「だったら、ハッちゃんを呼んでくれないか。乙辺の発子《はっこ》さん」

「それって、人形屋敷のオババ？」

友梨が言うと、セイは頷く。奈菜は人形屋敷を知らないが、遼子も路也も怪訝そうな顔をしたから、医者でも拝み屋でもないのだろう。

「乙辺って、もう薬屋はやってないんでしょ?」

「ああ、でも遼ちゃん、ハッちゃんはまだ御札を持ってるんだ」

御札、ということは、病気をまじないで治すようなもので、ちゃんとした薬ではない。奈菜が言うまでもなく、遼子も路也も困惑している。

「これまでも、ハッちゃんには世話になってる。ぎっくり腰は何度か治してもらったし」

ただのぎっくり腰なら、数日もすれば動けるようになる。気休めでも、効くと思っているなら御札は有効だろうか。

あわじ屋という屋号で、乙辺家は古くからこの町で薬屋を営んでいたらしい。現在の住人は乙辺発子ひとりだけで、跡継ぎもいないという。子供たちが人形屋敷と呼ぶあわじ屋の家屋は、おびただしい人形に囲まれていて、かなり不気味な雰囲気らしい。なぜ薬屋なのに人形だらけなのか、路也も遼子も知らないらしいが、セイはそういうものだと言う。

「薬の神さまは、人形と深いつながりがあるんだよ」

へえ、とつぶやいた友梨は、興味がありそうだったが、ほんの少し体を動かしただけでも腰が痛むセイを質問攻めにするのはやめたようだった。

遼子が電話で事情を伝えると、乙辺発子はじきにやってきた。真っ黒な衣服は引きずるように長く、くるくる巻いた髪は灰色で、もしもとんがった帽子があれば魔女みたいだと思っただろう。かろうじて、ふっくらした丸い顔がとっつきにくそうな雰囲気をやわらげている。

彼女はずかずかと入ってくると、奥にあるセイの寝間に迷わず進んだ。

「セイさん、ぎっくり腰だって？」

横になったまま、セイは答える。

「ひ孫を抱っこしようと思ったら、これだよ」

奈菜が抱いている紗和を、発子はちらりと見る。

「そりゃ治さなきゃねえ。ひ孫を抱かずにあの世へ行くわけにはね」

発子は手に持っていた巾着袋から、小さな木箱を取り出す。蓋を開けると、メモ用紙ほどの御札みたいなものが入っていた。何か書いてあるが、崩した毛筆で奈菜には読めない。そばにいる遼子も首をかしげている。

黄ばんだ御札の裏に、発子は山田セイと書き付ける。

「人形を持ってきておくれ。セイさんがお姑さんにもらった人形があるだろ？」

どんな人形のことかわからず、遼子が戸惑っていると、居間の日本人形だとセイが言った。

ケースごと運ばれてきた日本人形は、赤い振り袖を着ている。ちりばめられた花模様は藤だ。少し色あせているのが、古さを物語っている。

「ひいおばあちゃんのお姑さんってことは、わたしのひいひいおばあちゃんが買ったってこと？」

友梨は〝治療〟に興味があるのか、寝間にとどまっている。

「ああ、嫁入り人形の代わりにね」

「嫁入り人形って？」

「昔から、結婚するときに持っていくものなんだ」

紗和が人形に手をのばそうとするから、奈菜は止めながら遼子に問う。

「そんなのあるんだ。知らないよね、遼ちゃん？」

「聞いたことある。わたしが結婚するとき、うちのお母さんが嫁入り道具のリストに人形って書いてて、何これって訊いたら、縁起物だって言ってた。いらないって断ったけど」

「じゃあ、おばあちゃんは嫁入り人形を持ってこなかったの？」

「持ってたけど、壊れてね。お姑さんがあたしの体を心配して、新しいのを買ってくれたのさ」

「人形は身代わりだ。セイさんの代わりに、悪いことを背負ってくれる」

発子は、丁重な手つきで人形をケースから取り出し、セイの名前を書いた御札を着物の懐にそっと入れる。そんなことでぎっくり腰が治るとは、奈菜にはとても思えない。身代わりの人形だとしても、人形はぎっくり腰になったりしない。

「ありがとう、ハッちゃん」

しかしセイは心底感謝している。安心するだけで痛みも少しはやわらぐのか、表情もゆるむ。

「その御札、薬屋さんで扱う薬なんですか？」

「あわしま様の薬だって、うちには伝わってるけどね。どこでどうやって入手してたのかよくわからんし、残ってるのはわずかだ。これを使い切るころには、人形と薬の力を信じる人もいなくなってるだろうけど、それもあわしま様はご存じなんだろうね」

人形と薬の神さまが、あわしま様というのだろうか。人形にさわろうとする紗和を止めていたら、抗議のうめき声はしだいに大きくなり、とうとう泣き出してしまう。雷雨みたいに荒れ始めたら、当分はおさまらない。奈菜は寝間を出ようとあわてて立ち上がる。

「ハッちゃん、その子の疳の虫も出せるかい？」

セイの声が奈菜の背中に届く。

「ほう、なかなか立派なのがいそうだね」

「だ、大丈夫です」

急いで言うと、奈菜は引き戸をさっと閉めた。

*

セイのぎっくり腰は、劇的によくなる様子もなかったが、セイ自身は楽になったと言っている。人形の懐に収めた御札は、治ったら捨てていいらしい。

奈菜にはやはり、気休めとしか思えない。紗和の疳の虫だって、本当に虫みたいなものがいるわけじゃないし、病気でもないから医者には治せない。紗和自身の性質なら、生まれつきか育て方かわからないけれど、母親のせいだと言われるのもしかたがない。

紗和は変わらず、機嫌が悪いと昼夜なく泣き叫ぶ。なるべく昼間には寝かせないことにして、夜は目が覚めないよう気をつけてみたが、あまり効果はなかった。いくら祖母の家でも、いつまでもここにはいられない。かといって、夫からは何の連絡もない。ひとりになって、のびのびと過ごしているのだろう。

奈菜は、誰にも必要とされていない、どこにも居場所がない。紗和とともに、消えてしまいたいような気持ちをどうしていいかわからない。

よちよち歩きの紗和は、お気に入りの人形を手放さない。幼児向けの絵本に出てくるキャラクターの人形で、ゆるキャラ的な三頭身に蝶の羽がついている。名前はひーちゃんだ。

子供にとって、人形はただのおもちゃじゃない。片時も離さない紗和を見ていると、友達なのか分身なのか、とにかくとくべつな存在なのだとわかる。その結びつきでひーちゃんは、セイの日本人形みたいに、紗和の身代わりになってくれるのだろうか。なんて、ここにいると、ふだんはけっして考えないことを考えている。

昨日とは打って変わって、暖かい日になった。居候している身としては、何か手伝いたいと遼子に願い出たが、家事は路也が担当しているという。それに、幼い子から目を離すわけにもいかないから、気にしなくていいと路也も言う。たまにセイの様子を見てあげてくれれば、という言葉に甘え、奈菜は紗和と過ごしている。

セイにお茶を運ぶと、紗和もよちよち歩きながらついてきた。枕元に置いてある日本人形に、紗和はやっぱり興味がありそうだ。

「友ちゃんが帰ってきたみたいだね」

セイが言う。庭のほうから話し声が聞こえてきていた。

友梨ひとりの声ではない、友達も一緒なのか、楽しそうな笑い声がする。それに反応したように、紗和がよちよちと寝間から出ていく。奈菜はあわてて後を追う。

「サーちゃん、紗和、どこへ行くの？」

廊下へ出ると、制服の少女が縁側に並んで座っていた。

セーラー服の少女が、こちらに気づいて会釈した。

「あ、もしかしてこの子が紗和ちゃん？」

「うん、親戚の、奈菜さんと紗和ちゃんだよ」

友梨の友達は、佐南桃枝と名乗る。地元の子らしく、よく日に焼けていて、元気がはち切れそうな印象は、線の細い友梨とは対照的だ。

「こんにちは。かわいいねえ」

桃枝は、紗和ににっこり笑いかけた。つられたように紗和も笑う。

「あ、笑ってくれた。疳の虫が強いの？　それってきっと、元気がちっちゃな体におさまりきれないんだね。あたし、小さいころよくそう言われてたんですよ。疳の虫を出してもらったことも、何度もあるし」

あっけらかんと彼女は言う。疳の虫のことは友梨から聞いたのだろうけれど、不思議と奈菜は、素直に受け止めている。元気が体におさまらないなら、紗和にとって悪いことではない。桃枝のそんな表現が心地よかったからだろうか。それに、桃枝が疳の虫を出してもらったという話には、今どきまだそんな治療をするのかという驚きと同時に興味を感じていた。

「虫、本当に出たの？　それで治ったの？」

「あたしはおぼえてないんですけど、うちのおばあちゃんがよく言ってて。夜泣きがひどくて大変で、人形屋敷で虫を出してもらったらしいんです。でもあたし、ひたすらオババが怖かったみたいで、それからは『オババのところへ行くよ』って言うと泣きやんだって」

乙辺発子は、子供たちにオババと呼ばれているようだ。友梨もそう呼んでいたし、家は通称人形屋敷だというし、子供にはインパクトのある風貌だから、恐れられるのも無理はない。

「あ、でもべつに、痛かったわけじゃないみたいですよ」

「そっか。治ったならよかったけど、子供を怖がらせるのもなあ」

「虫を出すって、子供心にも怖いよね。どこから出てくるの？　って」

奈菜も虫は嫌いだ。だから、疳の虫がいるとか、出すとか言われるとゾッとする。そんなものが紗和に取り憑いているとは思いたくない。

「でも子供って、虫が好きじゃない？」

友梨が言うと、桃枝は少し考える。

「うーん、そういえば、カブトムシとかは好きだったかな。あとトンボとか」

「わたしも、小さいころはよく虫取りして遊んだもん」

「それにしても、疳の虫ってどうして虫なのかな。見た人には虫に見えたってこと？」

「見た人って、本当に目に見えるわけないじゃん」

友梨はわりと冷静だ。しかしセイは、細長い白い虫を見たことがあると言った。奈菜は、疳の虫なんて信じていないつもりだけれど、目に見えない存在をまったく信じていないかというと、たとえば幽霊の話だったら本気で怖いと思うのだから、どこかで信じているのかもしれない。

「虫って、現実の虫とは違う何かなんじゃない？　心の、不具合っていうか……、ああそうだ、バグってやつ？」

友梨の解釈に、奈菜は桃枝と一緒に首をかしげる。

「ほら、虫の居所が悪いとか、虫が好かないとか言うでしょ。なんかこう、気分的な引っかかりみたいな」

「じゃあ、弱虫とか？」

「腹の虫が治まらない？」

奈菜も思いつく。案外虫は、日常の中で現れたり引っ込んだりしていそうだ。

「虫の知らせってのもあるよ」

「ホントだ。たしかに、原因不明でバグっぽい」

ほんの少し、虫の正体に近づいたような気がすると、紗和の疳の虫に対する不安もふわりとやわらぐ。同時に奈菜は、全身に力が入っていたことに気がついた。紗和がいつ泣き出すかと、常に身構えている。母親の奈菜が悪いかのように、周囲ににらまれることが多いからだ。でも、虫のせいなら、身構えなくていいのではないか。

「友梨ちゃん、そういう感覚、瑛人くんに影響されてない？」

桃枝が指摘すると、友梨は戸惑いながらもほんの少し頬を染めた。

照れ隠しなのか、そうかな、とだけさらりと返して、友梨も紗和に笑いかける。それから、紗和が握っている人形を覗き込んだ。

「紗和ちゃんは、ヒメちゃんが好きなんだね」

「知ってるの？　紗和はヒメってうまく言えなくて、ひーちゃんって言ってるの」

「あの絵本のキャラグッズ、わたし好きだよ」

　絵本は子供向けだが、いろんな生き物を元にしたキャラのイラストがかわいいと、若い女性向けの雑貨にも使われているのを、奈菜も文具売り場などで見たことがあった。

　あまり愛想のよくない友梨は、小さな子供が好きなほうではなさそうだと、第一印象で思ったけれど、意外と紗和を気にかけてくれているようだ。思えば奈菜は、取り越し苦労で悪いほうに考えてしまうことがよくあるのだ。

　夫だってきっと、本気で紗和をじゃまに思っているわけじゃない。ちゃんと愛情を持ってくれているはずなのに、態度が冷たい気がして勝手に落ち込んでしまう。

　これも虫のせいなら、奈菜が虫を出してもらったほうがいいのではないか。

「あー、友梨ちゃんが持ってるサンショウウオのペンの仲間か。でもこの人形、どうしてヒメちゃん？　お姫さまなの？」

「ヒメシロチョウだから。白い蝶の羽があるでしょ？　ヒメは、小さいって意味じゃないかな」

　奈菜たちが話している庭へ、制服姿の数人が入ってくる。今日は友達が集まる予定だったのか、友梨は彼らに手を振った。

　男の子が二人と女の子が一人、奈菜にも挨拶をする。

「みんなで勉強会?」

「いちおうね」

紗和が友梨の服を引っ張る。人見知りが激しいのに、めずらしい。ひーちゃんのことを知っていたから、友梨に親近感を持ったのだろうか。

「どうしたの? 紗和ちゃん」

「むいむい」

まだつたない赤ちゃん言葉で、紗和は何かを伝えようとしている。

「むいむい? あっ、虫のことね?」

縁側のすぐそばにある、庭の植え込みを、紗和は指さしている。近くにいたくせ毛の少年が、枝葉の隙間を覗き込んだ。

「虫がいるの? ここに?」

「どんな虫?」

紗和の手を引いて、友梨も縁側からこわごわ近づく。

「もう十一月なのに?」

小さな紗和が座り込む。その目の高さにみんな合わせ、植え込みを観察しようとするが、かなり苦しい体勢になる。思いきり首を曲げていた少年が、「あ」と声を上げた。

「さなぎがある。たぶん、蝶のさなぎみたいだ」

「へー、紗和ちゃん蝶が好きだから、さなぎもわかるんだ?」

たしか、絵本にはヒメちゃんのさなぎの絵も載っていた。

「瑛人くん、ヒメシロチョウのさなぎ?」

「どうだろ。あれは絶滅危惧種だから、こんなところにいるのかどうかわからないけど」

瑛人という少年は、神妙に腕組みした。

「もうすぐ蝶になるの?」

「このまま冬を越すんじゃない?」

「瑛人は物知りだな」

もうひとりの、髪の短い少年が言う。

「ヒメちゃんの絵本、希少な生き物ばかりがキャラになってるんだよね」

あとから来た少女は、おっとりした雰囲気だ。

「あ、美乃ちゃんも知ってる? ちょっとキモカワなのがいいよね」

友梨が力を込める。みんな制服が違うから、同い年でも通っている高校が違うのだろう。それでも近所の幼なじみが集まっている様子が、奈菜にはまぶしく感じられた。

紗和もこれから、貴重な友達を得られればいい。でも、かんしゃく持ちは治るのだろうか。

「絶滅危惧種か。疳の虫なら絶滅してもいいのに」

つぶやくと、桃枝が笑った。

「もう絶滅しかけてるような……」

「そうね。そんな虫、今どき信じられてないもんね」

疳の虫がいるだなんて、バカバカしいし気持ち悪いと、誰も口にしなくなるのかもしれない。きっと、そんな言葉も忘れ去られる。でも、かんしゃくを起こす赤ちゃんはいなくならないだろう。だったら紗和は、どうすれば治るのだろう。

＊

紗和をベビーカーに乗せ、奈菜は散歩に出かける。暖かい日が続いていて、紗和も外へ出たがっていたし、奈菜自身も少し歩きたい気持ちだった。

しかし、ご機嫌がいいのは最初だけで、橋を渡ったところでぐずり出した。

泣き叫び、反り返る紗和を抱き上げる。ちっとも泣きやむ気配がない。あたりに家がない場所だったので、苦情もなさそうだと思うと、意外な冷静さで奈菜は紗和の泣き顔をじっと見た。

どうしてこんなに泣くのだろう。何が気に入らないのだろう。この子にとって、毎日は不快なことばかりなのだろうか。うまく言えなくて、泣くしかないなら、察してやれないのは母親としてふがいない。

奈菜も叫びたくなる。でもそんなこと、できるはずもない。

「ほら、紗和、サーちゃん、ひーちゃんがどうしたのって言ってるよ?」

人形を、紗和の顔の前で動かしてみるが、泣きやまない。

「おやおや、盛大だね」

声に振り向くと、土手下の小道からこちらを見ている老女がいた。乙辺発子だ。

「オムツを替えるなら、うちへ来るといい」

彼女の言うように、紗和はオムツが濡れているようだった。出かける前に替えたばかりなのに、とため息がもれる。

「家、近くなので帰ります」

「ほんの五分でも、その子は不快だろ」

泣き叫ぶ紗和にとってはそうかもしれない。言葉に甘えることにして、手招きする発子についていくと、土手下の雑木林に小さな一軒家があった。

人形屋敷だ。玄関周りからすでに無数の人形が並んでいる。陶器や木彫りのようなものが多く、雨ざらしで色あせ、汚れているからひどく不気味だ。

「大丈夫、人形は何もしない」

オババ、という呼び方がしっくりくるような、にんまりとした笑みを彼女は浮かべる。

玄関とは別に、建物の側面にはガラス戸の広い入り口があり、その上に、どうにか〝くすり〟と読める看板があった。たぶん、〝あわじ屋〟という文字もあるのだろうけれど、消えかかっていてよく読めなかった。

かつて店舗だったのだろう、そこから中へ入る。土間に並ぶ商品棚らしきものも、人形に埋め尽くされている。日本人形やひな人形、抱き人形から着せ替え人形と、あらゆる人形に凝視され、いつの間にか紗和も泣きやんでいる。上がりがまちに座り、お出かけ用のバッグから予備の紙オムツを出して取り替える間も、紗和は積み上げられた人形を不思議そうに見ていた。

「ひーちゃんのお友達かな」

奈菜が言うと、紗和は眉間にしわを寄せる。違うと思っているのだろうか。デフォルメされ、ふわふわの生地でできたヒメちゃん人形と、伝統的な和風の人形はあきらかに違う。セイの日本人形にはさわってみようとしていたが、こうもたくさんあると、威圧感が勝るのだろう。

「でもほら、おもちゃの人形もあるよ。紗和、ここはひーちゃんのおうちかも」

やっぱり紗和は不服そうだ。

「違う？　そうだね。ひーちゃんのおうちは紗和ちゃんのところ。お友達も、紗和ちゃんだけだから、まだお人形の国へは帰らないって」

発子がなだめると、紗和はほっとしたのか、ひーちゃんの頭をやさしく撫でた。

奈菜は、隅に置かれた市松人形に目をとめた。子供のころ、あんな人形を持っていた。そうだ、あれは母がくれたのだ。でも、切れ長の細い目も、まっすぐな黒髪も、あまりかわいく感じられなかった。それでも抱き心地がよかったのと、着せ替えができるのが楽しかったのはおぼえている。

人形の服を、母がつくってくれたことがある。友達の人形が着ているような、ひらひらしたドレスを奈菜がほしがったからだ。純和風の人形にも意外と似合っていて、奈菜は好きだった。

なつかしさを感じると同時に、あの人形はどうしたのだろうと記憶をたぐり寄せるが、なぜか思い出せない。

いや、思い出すまいとしてきたのではないか。母のことは思い出さないほうがいいからと、人形もどこかにしまい込んで、遊ぶこともなくなったのだろう。

母は、奈菜が九歳のとき、病気で亡くなった。しばらくして父が再婚し、それ以来、奈菜は母方と縁が切れて、祖母であるセイの家を訪れることもなくなった。だから、家出先にセイのところを選んで押しかけたものの、おぼえていてくれるか不安だった。

セイも、いとこの遼子も、やさしく迎え入れてくれたけれど、長居はできない。

家に帰るしかない。でも、帰ったらまた、ひとりで紗和のかんしゃくと向き合う息苦しい毎日が待っている。気休めでも、疳の虫を出してもらったら何かが変わるのだろうか。

「薬の神さまは人形と深いつながりがあるって、祖母が言ってました。ここは薬局だったから、人形を集めてるんですか？」

奈菜は問う。黙っていると、自分を取り囲む人形たちに同化してしまいそうな気がした。

「あわしま様は女の守り神さ。女の病気に御利益がある神さまだけど、病気に限らず女の人生に寄り添ってくださるんだ。初節句のひな人形、嫁入り道具の人形も、女を守ってくれるようにって願いが込められてる。女の災いを背負ってくれる人形は、あわしま様につながるものだからね」

ひな祭りは誰でも知っているが、楽しいお祭りだというくらいの認識しかなかった。けれどあのかわいらしくも上等なひな人形は、幼い女の子を守ってくれる身代わり人形だというのだ。意外だが、奈菜は納得もしている。流し雛で厄をはらう行事も耳にしたことがある。

「幼い子供を守るのはともかく、大人も人形に守ってもらうんですね」

「危険が多いのは、子供だけじゃない。成人して嫁いでも、安心はできないよ。出産には命の危険がつきまとうから、人形を持っていく」

それは、出産で亡くなることが少なくなかった昔の事情だろう。今はもう、そんな時代ではないから、嫁入り人形は廃れつつある。けれど、ここで圧倒的な数の人形たちに囲まれていると、人の姿をしたものに自分を重ね、厄除けの力を信じた女性たちが、どんなふうに生きたのか、何を思って子を産み育てたのか、考えずにはいられなかった。

ひな人形は、今でも用意する家が多い。無自覚にでも、女は人形を必要としているのだろうか。幼い子の祝い事とはいえ、ひな人形は結婚を模している。

「虫を出してやろうか？」

発子は、何もかも見透かしたような笑みを浮かべた。前歯の欠けた口元に、八重歯だけが覗くと、なんだかぎょっとする。

「その子じゃなくて、あんたの」

骨張った手で、奈菜を指さす。

「泣き虫がいるね。泣けない泣き虫」

その手が、奈菜の持っているお出かけバッグに伸ばされ、ぶら下がるお守りに触れた。子供の健康を願うお守りは、赤い袋にかわいいおひな様の絵が描いてある。

「あわしま様のお守りだね」

知らなかった。これは、夫が買ってきたものだ。出張先の近くで買ったと言っていた。

「それがあれば、虫も退散するよ」

泣き虫、また虫だ。人の中にはどれだけの虫がいるのだろう。姿形のない虫たちの存在を、昔の人は日々感じていたけれど、今は、そんなものはいないと誰でも知っている。それでいて、虫という言葉を使い、何かがいるかのように語っているのだから、あまのじゃくだ。

夕焼けに染まった光が、畳の間に差し込む。部屋の中も、何もかもが黄色っぽくくすんでいる。どこかで羽音のような、かすかな乾いた音がしている。そう感じるくらいあたりは静かだ。

紗和が泣いていないからだと思いながら、奈菜は周囲を見回す。紗和がいない。どうしたのだろう。

セイの家の居間は、こたつに毛糸で編まれたカバーが掛かっている。余った毛糸をつないだもので、あらゆる色が不規則に混ざっているからか、くすんだ光の中でもやけに鮮やかだ。鮮やかな色彩はもうひとつ、棚の上で、赤地に藤模様の振り袖を着たセイの日本人形が、すました顔でじっとしている。

「……泣かない子ね」

ふすまの向こうで話し声がした。隙間からそっと覗き見ると、隣の和室に喪服の男女が座っている。

「奈菜ちゃんでしょう？　お母さんが亡くなったのに、泣かないなんてね」

「まだ三年生なのに」

「子供らしくないわ」

「悲しくないのかしら」

　ああそうだ、母の葬儀のときに見た光景だ。なぜ今また、その場面を見ているのだろう。ここは祖母の、山田セイの家だ。でも、ふすまの向こうは、子供のころに住んでいた家の、小さな和室だ。

「あの子、アレルギーがひどくて、お母さんにはいつも苦労をかけてたのに」

「愛想のない子だから、感情も薄いのよ」

「奥さんも体が丈夫じゃなかったらしいじゃない？　子育て大変だったんでしょうね」

　奈菜はショックだった。自分が、母の寿命を縮めてしまったのだろうかと。

「気にしちゃダメよ」

　はっとして、隣に顔を向けると、そう言ったのは人形だった。奈菜の市松人形だ。母がつくった、ひらひらの青いドレスを着ている。

「お母さんはね、奈菜のこと大好きだったんだから」

　わかっている。だから奈菜は泣かない。泣き虫の奈菜を、母は心配していたから、もう泣かないと約束した。病室で指切りをして、母は奈菜と人形をいっしょに抱きしめた。

「えらいわね、奈菜は。もう泣き虫じゃないのね」

　人形が見上げる奈菜は、もうあのときの子供ではない。すっかり大人になった奈菜だ。

「ルリ……、なくしたと思ってた」

「うん、そばにはいなかったけど、奈菜のことは忘れてないわよ」

ルリ、と呼んでいた人形は、記憶にある姿と少しも変わらなかった。サインペンでマニキュアを塗ろうとしたときの、指先のピンクの汚れも、少しだけ切ってしまったので不揃いになった前髪もそのままだ。

「大きくなって、奈菜もお母さんになったのね」

頷く奈菜は、ふすまの向こうの情景も、人形が話していることも、さほど疑問には思わず受け止めている。そう、これは夢だから。

「うん……でも、ちゃんとしたお母さんにはまだまだよ」

「奈菜のお母さんも、よくそう言ってたわ」

「えっ、うそ」

奈菜にとって母は、理想の母親だ。自分も母のように、やさしく明るく接したいと思ってきたし、子供のために全力を注ぎたいのだ。でも、そんなふうにできなくて、苛立ちがつのる。

「だから、奈菜はいいお母さんよ」

「ルリは、わたしの味方だからそう言うけど」

「味方を信じていればいいじゃない」

でも、ルリのほかに味方なんているのだろうか。夫は？　彼への不満がふくらんで、衝動的に家を出たけれど、お守りのことがちらりと浮かんだ。

「大丈夫、奈菜には味方がたくさんいるから」

ふすまの向こうに、父の姿がある。喪服の男女は消えて、父が知らない女の人を連れ帰ってきたところだ。この場面も、奈菜の記憶にある。母が亡くなって何年か経ったころだった。

父が奈菜を呼んでいる。奈菜が細い隙間から覗いていたふすまを、大きく開けた父は、挨拶しなさいと言う。女の人はやさしく微笑んで、奈菜に大きなパンダのぬいぐるみをくれる。

その日から奈菜の部屋の中で、パンダのぬいぐるみが存在感を持つようになった。ベッドのそばに置いてあったルリは、部屋の隅っこへ追いやられ、いつの間にかなくなった。

捨てたのかどうしたのか、思い出せない。ただ、父が言ったことをおぼえている。「その人形は、子供っぽいからもういらないだろう?」新しいお母さんのために、死んだお母さんを偲《しの》ばせるものは見せたくないのだと、奈菜は感じ取っていた。

「ねえルリ」

ふすまから目を離して振り返るが、ルリの姿がない。奈菜はルリをさがして駆け出す。

「奈菜、大丈夫よ。あなたの泣き虫は、わたしがあずかるから」

どこともわからない場所を走りながら、いつの間にか奈菜は、ルリではなく紗和をさがしている。


必死で動かした足が、こたつにぶつかった。その痛みで目が覚める。

居間のこたつでうたた寝していたことに気づき、急いで周囲を見回すが、紗和がいない。奈菜はあわててこたつを出る。まだ夢の続きを見ている感覚で、何度も紗和の名を呼ぶ。

庭に面したサッシが開いて、顔を覗かせた路也が、静かにと言うように人差し指を立てた。

「おばあちゃんの寝間で寝てるよ」

「紗和、いつの間に……」

ほっとして力を抜きながら、奈菜はつぶやく。散歩から帰り、膝に乗せて寝かしつけていたつもりが、自分のほうが寝てしまったらしい。

畑から戻ってきたところだろう路也は、野菜が入ったかごを、大事そうにそっと縁側に置く。

「紗和ちゃんが泣いてないと、やけに静かに感じるね」

「あ……、いつもうるさくてすみません」

「いや、ちっともうるさくないよ。むしろ、紗和ちゃんが落ち着けるか心配してたんだけど。人が多いし、家の中は声も物音も筒抜けだし、これから晩ご飯の支度でガチャガチャするから起きちゃうかもしれないな」

遼子の夫は穏やかな人だ。昔から遼子はキビキビしたしっかり者だったから、いいパートナーなのだろう。

「遼ちゃんは、何でもできる旦那さんがいていいなあ」

ため息交じりにつぶやいてしまう。夫は、今ごろどうしているのだろう。祖母の家に行っているなら心配はないと思っているのか。奈菜が家出をしただなんて夢にも思わず、ちょっと旅行にでも行っているくらいのつもりなのだ。

電車やバスを乗り継がなければならないほど遠方の、父方の祖母の家へ、ひとりで小さな紗和を連れて行くなんて、少し考えれば無理だとわかりそうなものなのに、夫はきっと疑いもしない。

「何でもできないよ。でも、おれにできないことを遼子はできるし、それでいいんだって思えるようにはなったかな」

遼子がセイの家に住むようになった理由を、奈菜は知らないけれど、この夏に引っ越してきて、路也が畑仕事と家事をしているのは、家族としての大きな決断があったのだろう。

奈菜は、夫と紗和と、そんな家族になれるのだろうか。

「子供が小さいときは、おれも遼子にまかせきりでね。あのころは、仕事をすればするほどプレッシャーが大きくなっていって、成果をあせってて、いっぱいいっぱいで、家を顧みる余裕もなくて」

奈菜の夫も、そんなふうだ。仕事のことはあまり話さないけれど、余裕がないのはわかる。

「あのころの友梨はかわいくて、たまに家にいるときはまとわりついて遊んでほしがったのに、おれが面倒くさがったからかな。今はめったに口をきいてくれない」

からりと言うけれど、ちょっと寂しそうだ。

「子供の成長は早くてね、この仕事が終わったらもう少し向き合おうとか、そう思っていても、待ってくれない。今の親子関係は、今だけしかないんだよね。反抗期も、楽しまないとすぐに終わってしまう。そしたらあっという間に嫁に行ってしまうんだからね」

夫は、紗和のことをどう見ているのだろう。無関心だと不満に思ってきたけれど、そんなはずはない。生まれたときは心から喜んでくれて、ふたりで幸せをかみしめた。お守りだって買ってきてくれた。たぶん奈菜も、相手を思いやる余裕がなくなっていたのだ。

「夫に、その話聞かせてあげたいです」

「いっしょに遊びに来ればいいよ」

ああそれも、いいかもしれない。彼だって、仕事の上下も利害もないところで、子育てのことを話せる相手がほしいのではないか。

そんなことを考えたとき、ポケットの中の携帯が鳴った。

夫からのメールだ。気を利かせたように路也が立ち去ると、奈菜は深呼吸する。そろそろ、父方の祖母の家にはいないことに気づいただろうか。さすがに怒っているかもしれない。

だけど、こちらからあやまる気はないんだから。自分に言い聞かせてから、メールを開く。

〝明日迎えに行ってもいい？　山田のおばあさんの住所、お義父さんに訊いた〟

謝罪も言い訳もなく、責めるでもない、能天気な文面に、奈菜は笑いそうになった。なんていうか、こういうあやふやな収め方が夫らしい。迎えに来るというだけ、たぶん下手に出ている。

自分はどうしたいのだろう。考えながら、携帯をまたポケットにしまい、セイの寝間へ向かう。

布団から出て、すぐそばに置いた座椅子へ移動するくらいは自力でできるようになったセイは、座椅子に座って編み物をしていた。紗和はセイの布団で寝息を立てている。もともと人見知りが激しいのに、ひとりでこの部屋へ来るくらい、セイには気を許している。奈菜も、子供のころからセイが好きだった。しばらく会っていなくても、遠慮を感じることなく甘えることができる人だった。

「おばあちゃん、起きてて大丈夫なの？」

「動くところは動かしてないとね」

「紗和を見ててくれたのね。ありがとう。でも、あばれたりしなかった？」

「ちっとも。紗和ちゃんはやさしい子だね。これを貸してくれたよ」

セイの膝の上には、ひーちゃんが置いてある。

「奈菜ちゃんに似て、やさしいね」

やさしいだなんて言われたことがなくて、奈菜は返事に戸惑う。

「来てくれてうれしかったよ。奈菜ちゃんのことはずっと気になってたけど、新しいお母さんができて、もうここへは来ないんだろうと思ってたから」

奈菜も、来てはいけないのだと思っていた。父も、新しい母も傷つけることになる。

もっとやさしくしなさいと、父にはよく言われた。お母さんになってくれたんだから、素っ気ない態度はやめなさいと。紗和にもやさしくできないときがあって、夫に指摘されることも少なくない。

奈菜は自分のことを、やさしくない人間だと思っていた。だから気をつけていたつもりだけれど、紗和は見抜いていて泣くのだと、そんな気がしていた。

「ちょっと頼みがあるんだ。押し入れに入ってる赤い箱を取ってくれないかい？」

言われたとおり、押し入れの隅には菓子折の赤い箱が入っていた。取り出して手渡すと、セイはやさしい手つきでふたを撫でた。

「奈菜ちゃんが持ってきてくれたんだよ。おぼえてるかい？」

おぼえていない。奈菜は首を横に振る。セイが開けた箱の中を覗き、あっと声を上げた。

「ルリ……？」

奈菜の市松人形が入っていた。つやつやした黒髪は、前髪が少し切られている。指先はピンク色で、母がつくった青いドレスも、間違いなくルリだった。

「ここに、あったの？　捨てたのかどうか思い出せなくて」

「奈菜ちゃんが最後に来たとき、置いていったんだよ。お父さんが再婚するからって、ふたりで挨拶に来たじゃないか」

それはおぼえている。でも奈菜は、うれしそうにもつらそうにもできず、ここにいた祖父母とろくに話もしないまま帰ったという記憶しかない。

「奈菜ちゃんは、お葬式でおばあちゃんが泣いたのをおぼえてて、これを置いていったんだね」

おばあちゃんにあげる。わたしは、ルリがいたから泣かなかった。おばあちゃんが、泣かなくていいように。

ゆるりと思い出す。母が亡くなったとき、セイが泣いていた。大人が声を上げて泣くところを見るのは初めてだったから、セイは奈菜よりも、もっともっと悲しいのだと思ったのだ。

悲しさをくらべることなんてできないけれど、奈菜も母親になった。母を亡くしたことは乗り越えたけれど、娘の紗和は何があっても失いたくない。あのときの、セイの気持ちがわかるような気がする。

「人形は、女の子の最初の友達だろ？　たぶん、最後まで友達だ。いっしょにいっぱい遊んで、いつの間にか子供は、人形を話し相手にするのをやめて、外の世界へ出ていく。忘れられた人形は、それで役目を終えるけれど、大人もたまに、人形が必要になるのかもしれないね。……人形の記憶が」

奈菜は、ルリの夢を見ていた。たぶん、ルリを思い出そうとしていたのだ。手触りや匂いや、いっしょに遊んだことが記憶に残っている限り、いつでも助けてくれるんだよ」

「そのとき人形は、もう手元にはないかもしれないけど、手触りや匂いや、いっしょに遊んだことが記憶に残っている限り、いつでも助けてくれるんだよ」

持って行けと、セイは言う。そしたら奈菜はもう大丈夫だから、と。

でも、セイの傷は癒えたのだろうか。市松人形は、和紙を緩衝材にした箱の中に、大切にしまわれている。虫除けも入っている。これはセイにとって、娘の形見になるのではないか。

「おばあちゃんは、お母さんのこと好きだったよね。だけどお母さんは、おばあちゃんには冷たかったのが、わたし、ずっとチクチクしてて、どうしてなのかわからなかったんだ」

母が実家へ帰るのは、奈菜の祖父である父親に会うためだったように思う。

「わたしのお母さんが生まれたとき、かなりの難産だったっておじいちゃんに聞いたことがあるの。なのに、どうしてお母さんは」

親に感謝していても、馬が合わなかったり反発したりすることはいくらでもある。それでも年月が経てば、お互いを理解するときが訪れたかもしれない。けれどセイは、そんな未来を失ったままだ。

「あたしは、心配しすぎて。千佳子《ちかこ》には口うるさかったんだろうね。子供のころから病弱で、大人になったのが奇跡ってくらい、結婚しても子供は産めないだろうって言われてた。だからあたしは、結婚に反対だった。もし子供ができて、あの子が死んでしまったらって、怖かったからね。それで、子供をほしがってた千佳子には嫌われてしまった」

奈菜は無事に生まれ、セイは安堵《あんど》した。そうして奈菜のことを、とてもかわいがってくれたけれど、母は、自分の生き方を否定されたように感じたままだったのだろうか。

「妊娠したとき、せめて厄除けにとこの市松人形を贈ったけど、捨てたって聞いてたよ」

実際には奈菜に渡していたのだから、捨ててなんかいなかった。それが母の本心だったのだろう。

「おばあちゃんは、人形が身代わりになってくれるって、ずっと信じてるんだね」

セイはゆっくりと頷く。

「難産で、やっとのこと千佳子を産んだとき、嫁入り人形が身代わりになって、千佳子とあたしを助けてくれたからね。あわじ屋の、ハッちゃんのお母さんが、御札を人形に入れてくれてさ。本当に、人形は身代わりになってくれるんだよ。でなかったら、あたしもあの子も死んでたんだ。だってね、あのあと嫁入り人形はバラバラになっちゃったからね」

「ええっ、それって……、怪奇現象？」

「隣の犬が迷い込んできて、おもちゃにしたんだ」

まじめな顔で言う。セイはそれを偶然ではなく、人形が災難を引き受けた結果だと信じている。

「奈菜ちゃんが最後にここへ来たとき、市松人形を持ってきてくれて、千佳子は捨ててなんかなかったんだってやっとわかった。ちゃんと、奈菜ちゃんを守ってくれるように渡してたんだってね」

セイは奈菜の市松人形を、赤子にするようにやさしく撫でる。

「奈菜ちゃんが、紗和ちゃんを連れてきてくれてよかったよ。あたしは千佳子を産んで育てたんだって、やっとはっきり感じられた」

娘が死に、孫とも会えなくなって、まるで最初からいなかったかのような喪失感の中に、セイはいた。でも、奈菜があずけた人形だけが、かすかにセイと奈菜とをつないでいた。そのとき奈菜も、けっしてひとりではなかったのだ。

ひとりきりで子育てしているような感覚だったけれど、いろんな願いの先で生かされているのだとしたら、奈菜は強くなれそうな気がする。

紗和が寝返りを打つ。眠りが浅くなったのか、眉間に縦皺を寄せる。ああ、スイッチが入っちゃった。と思う間もなく、急に泣き出す。

「あれあれ、また疳の虫が騒ぎ出したか」

抱き上げてあやすが、いつものように、一度泣き出したら止まらない。

「どうしたのかなー？　サーちゃん、怖い夢を見た？」

しゃくり上げながら、紗和は奈菜にしがみつく。

〝あなたの泣き虫は、わたしがあずかるから〟

人形のルリが言った、夢の中の言葉が頭に浮かぶ。だからもう、奈菜は泣きたくならない。紗和を、疳の虫ごと抱きしめる。

泣きたいときに泣けるのは、幼い子供の特権だから、泣いていいよ。これまでにはない、そんな気持ちになっている。

大人はもう、不快でもつらくてもあからさまに泣けないけれど、紗和が思う存分泣いてくれる。

奈菜の泣き虫は、紗和の疳の虫になって泣く。そうして紗和の虫も、人形が身代わりになって引き受けてくれるなら、泣くだけ泣いて、痕を残すことなく忘れるだろう。

「おや、チョウチョだよ」

セイが言う。つられて窓の外を見ると、やわらかな日差しの中を、一匹の蝶が飛んでいた。この時期にめずらしい。小春日和の陽光にさそわれて、花をさがしているのだろうか。

「ひーちゃん」

唐突に泣きやんで、紗和が指さす。蝶をめざとく見つけた娘のために、掃き出し窓を開けて蝶を目で追う。

白っぽい羽を持つ蝶は、もしかしたら、庭木のさなぎが羽化したのだろうか。

光を浴びながら高く舞い、屋根の向こうへ飛んでいこうとする蝶を見上げる。

「おばあちゃん、わたし、明日帰るね」

すんなりと、奈菜はそう口にしている。

「うん、それがいいね。旦那さんも心配してるだろうからね」

人の中の虫も、羽を持って飛んでいくことがあるのだろうか。そうだったなら、心に抱えている不具合も、いつの間にか消えるのだろう。

第六話

背を守る糸

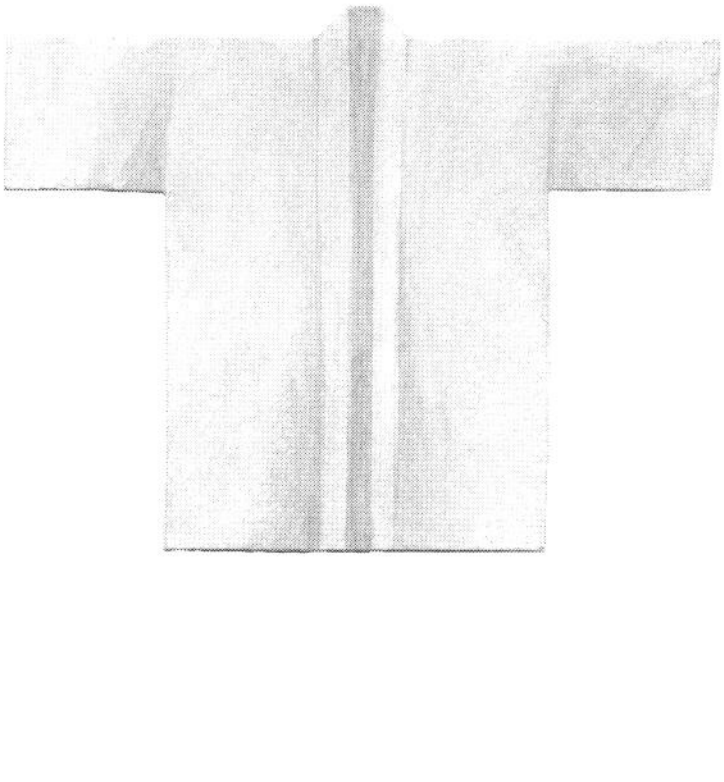

それは紛れもなく、お父さんのシャツだった。丸首の白いTシャツは、ずいぶん着古したらしく、はっきり言ってヨレヨレだ。友梨はそれを、洗濯機から指先でつまみ出す。

「もうっ、やだ！」

つい声が出てしまう。

「どうしたのよ」

お母さんが声を聞きつけて、洗面所を覗き込んだ。

「お父さんのが洗濯機に入ってたの！　洗っちゃったじゃない。わたしのといっしょに！」

洗濯機から出した衣類を、乾燥機に入れるのが、朝、学校へ行く前に、友梨がしておくことになっている仕事だ。大して手間のかからない、単純な作業だが、お父さんのものが紛れ込んでいたことで、友梨の気分は最悪になっていた。そもそもお父さんの衣類は、農作業での汚れがひどいため、別に洗うことになっているはずなのだ。

「それ？　別にいいじゃない。パンツじゃないんだから」

「だってこれ、襟元ほつれかけてるし、黄ばんでるし、雑巾レベルじゃん」

「古いけど、生成《きな》りのシャツよ。黄ばんでるわけじゃないし、このほつれだって、あえてのこういう素朴なデザインだし。お父さん、物持ちがいいから」

というより、着るものに無頓着なのだと友梨は思う。いちおう、お母さんが似合いそうなものを選んでいるので、それなりに着こなしているように見えているが、ジーパンだって何年も同じものをはいている。着られればいいという感覚だ。それも友梨には理解できない。おじさん臭い、と思ってしまう。

「それにしても、これ、まだあったんだ」

シャツを手に、お母さんがしみじみと言った。

「お父さん、これは肌触りがいいって気に入ってたのに、どこかで引っかけて破っちゃったのよね。ほらここ。だから縫い合わせて刺繍《ししゅう》したの」

とお母さんが示したのは襟の下あたり、背中の部分で、破れを隠したらしく、青い魚が刺繍されている。

「お母さんが刺繍したの？　えー、意外とうまいじゃん」

お母さんが手芸のようなことをするとは知らなかったので、友梨は驚いた。

「そりゃそうよ。手先が器用なのはうちの家系なんだから」

「でも、どうして鯖《さば》？」

「鯉《こい》よ。出世してくれないかなと思って」

「鯉って出世魚だっけ」

「天に昇って竜になるんだっけ？　だから、男の子の節句は鯉のぼりなの。縁起がいいでしょ」

結局お父さんは出世していないが、古びたシャツを捨てないのは、お母さんの刺繍があるからかもしれない。

「とにかく、間違って洗濯機に入れないでって、お父さんに言っておいてよ」

自分で言えばいいのに、と思っているはずのお母さんはあきれた顔をする。

「めんどくさいなあ。姉ちゃんは。洗ったらきれいになるんだから別にいいじゃん」

通りかかった拓也が口を出す。

「そのうち、拓也のも別に洗うって言い出すわよ」

お母さんがからかうと、拓也は驚いたようだった。

「えっ、おれそんなに汚い？」

着ている制服の匂いを嗅ぐ。姉に汚れ物扱いされるのはいやだと思うのだから、まだまだかわいい。

「汗臭い運動部じゃないからいいよ」

が、生意気なことを言うようにもなった。

「運動部のほうがモテるのに、姉ちゃんはじっとしてる男が好きなのか」

姉としては、きっちり言い負かしておきたいが、時間がない。

「うるさいなあ。ああもう、行かなきゃ」

友梨は急いで乾燥機のスイッチを入れる。お母さんはお父さんのシャツをハンガーに通し、洗面所の外にある物干し竿に掛けていた。乾燥機にかけると、ほつれたようなデザインが傷むからだろう。遠目に見ると、シャツのくたびれ具合が目に入らないからか、和服の紋付きみたいな刺繍が新鮮に見えた。

＊

「友梨って、デートしたことある?」

放課後、いそいそと教室にやってきた芽依が問う。彼女がそんなふうに質問するのは、自分に話したいことがあるからだ。

「えっ、もしかして誘われたの? 丸山に?」

「うん、どうしよう……。うまくいく秘訣《ひけつ》とか、知らない?」

めずらしく自信なげだが、心配よりもうれしさが勝っているのは、キラキラした目が物語っていた。

「わかんないや。そういうの、ないからなあ」

「でも友梨、地元の友達とよく会うって言ってたじゃない。男の子もいるって。ふたりだけになったりしないの?」

「図書館で集まって、たまたまふたりになることはあるけど……」

みんな、来ることもあれば来ないこともある。そういうゆるい集まりだ。それに瑛人とは、家の近くで顔を合わせることもあり、いっしょに川原や神社や、コンビニや本屋へ行くこともある。でも、そういうのはデートではない。

「そういえば、日曜に遊びに行く約束したけど、別にデートじゃないなあ」

だから友梨にとって、瑛人と会うのはいつでも日常の延長だ。

「えっ、でも、ふたりだけなんでしょ？」

芽依は驚いたようだった。

「友達だし、話の流れでいっしょに行くことになっただけだし」

「いやいや、男子とふたりで出かけるんだから、それはデートだよ」

芽依はからかうように脇腹をつついた。

「芽依たちとは違うんだって。ほら、丸山がこっち見てる」

友梨は冷静に返しながら指摘する。芽依はあわてて丸山のほうに視線を向け、かわいらしく小首をかしげる。

「行かなきゃ。じゃあ友梨、今度話聞かせてよ」

結局、一方的に騒いで、芽依は去って行った。

デートじゃ、ないよね。自問してみるが、友梨にとっては深い水底にあるかのような答えは、少しばかり芽依にかき回されたところで、ちっとも浮かび上がってこなかった。


通学に時間がかかる友梨には、同じ高校の友達と放課後に遊ぶ時間がない。十二月ともなれば、部活終わりにちょっと話し込んでいると、すぐに暗くなってしまう。電車の本数も多くはないから、近所で同い年の友達と集まれるのが、何より楽しみになっていた。

自宅の最寄り駅から、友梨は自転車で市立の図書館へ向かう。新しくて立派な図書館だが、市の中心部から離れたこの町に建てられたのは、土地が余っているからか。人口の少ない地域なので混雑することはなく、市内の中高生はよく利用している。入り口近くに広々としたカフェがあり、本を持ち込んでの自習や談話もできるようになっていた。

カフェへ入っていくと、窓際の一角に、いつもの顔ぶれが集まっている。友梨に気づき、桃枝が手を振る。

「みんな、テスト終わったんだ?」

「ああ、やっとな」

イワが解放感いっぱいにのびをした。

「これで冬休みを待つだけね」

美乃の柔和な笑みに促され、友梨は空いている椅子に腰かける。

「結果はどうだった?」

「考えたくないよ」

みんな学校が違い、テスト期間も違うため、しばらくは集まれなかった。久しぶりに顔を見るとほっとする。

「瑛人くんは来てないの?」

イワと桃枝、美乃、そして友梨と、四人がこの場にいるが、集まるメンバーはそろえば五人だ。

和島瑛人がいない。

「あいつ、メールしたけど返事ないや」

イワが答えた。

「ふうん、何か用事でもあるのかな？」

「図書館で勉強するならともかく、テストも終わって、しゃべるだけの集まりなんて苦手だろうしなあ。もともとあいつ、つきあい悪いほうじゃん」

「えっ、そう？　つきあい、悪いかな」

友梨には意外に聞こえた。瑛人に対し、そんなふうに感じたことはない。

引っ越してきて三か月と少し、幼いときに少し遊んだだけの友達は、お互いをはっきりおぼえていたわけではなくても、あのころの心地よい楽しさとなつかしさで、すぐに打ち解けられた。みんな自然に友梨を迎え入れてくれて、ずっと仲がよかったかのように集まっている。でも友梨は、みんなとは違い、小中学校をともに過ごしてはいないから、知らないことも多い。

「たしかに瑛人くんは、団体行動苦手だもんね。小学校のころはよく遊んだけど、わりと気まぐれだったし、わたし、最近まであんまり話してなかったし」

「うん、あたしも。中学のときはクラスが違って、話す機会もなくなって。高校に入ってからは、通学のとき見かけたら声をかけるくらいだった」

美乃も桃枝もそう言って同意する。

「でもイワくんは、わりと会ってたんだよね？」

桃枝の言葉に、彼は頷いた。

「まあ、あいつ頭いいから、宿題とか困ったときについ頼ってさ」

「なのに、つきあい悪いとか言う？」

「……だってさ、遊びに誘っても来ないんだから。それに、おれはくだらない相談もするのに、あいつは何も相談してくれない」

「イワくんに相談するようなことって、ある？」

美乃の鋭い突っ込みに、イワは眉をひそめる。

「そりゃ、おれなんて頼りにならないかもしれないけど、中二のとき、一時期瑛人、孤立してたじゃないか」

「えっ？　そうだっけ？」

桃枝はまったく記憶にないようだが、美乃は少しくらい聞いたことがあったのか、神妙な顔をしていた。

「瑛人くんと同じクラスだった子が、そんなこと言ってたな。でもすぐ学年が上がって、クラス替えで噂も消えたような」

「ま、高校ではのびのびやってるんじゃね？　中学のときより明るくなったよ」

「友梨ちゃんが来たおかげで、またなんとなく集まるようになったけど、瑛人くんも加わってくれるもんね」

何かつらいことがあったのかもしれないけれど、そのときは友梨も、誰も力になれなかった。瑛人は今、どういう思いで幼なじみたちとまた親しくしているのだろう。気を許せる友達だと感じてくれているのだろうか。

友梨の中では、瑛人は昔と変わらず、分け隔てのないやさしい男の子だ。ぶれない芯があるから、悩んだり迷ったりしないように見えているけれど、この場にいない今は、本当に友梨たちに親しみを持ってくれているのか、ぼやけてしまってよくわからなかった。

「わたし、ここへ来てから何かと瑛人くんに話しかけたり呼び出したりしてるかも。面倒くさいと思ってないかな」

少し心配になってくる。

「ま、瑛人がつきあい悪くても、それがふつう。気にしないことだよ」

イワは慰めにならない慰めを言った。

「勉強以外なら、あたしたちがいるじゃない。頼ってよ」

「桃ちゃんも美乃ちゃんも頼もしいよ」

おれは？　と言いたげなイワは、いつも場を和ませてくれている。瑛人も、たとえ相談しなくてもそう思っていただろう。

「同じ地区の同学年って、あたしたちだけでしょ。小さいころって、いつの間にか近くにいて、仲良くなってた気がするけど、なんか友梨ちゃんのことは印象的だったな。小学校へ上がる前だっけ」

「わかる、わたし、桃ちゃんとしかしゃべれない子だったのに、友梨ちゃんが来て、話しかけてきてくれて、いつの間にかイワくんや瑛人くんも加わって、なんか、楽しかったんだ」

「わたしも、楽しかったからおぼえてた」

両親が働いていたため、保育園や学童保育で過ごした友梨にとって、同い年の友達と、自由に外を飛び回った日々はとくべつだった。

「そうそう、あたしすっごくうれしかったんだけど、友梨ちゃんが着てた服、お母さんの刺繍があって、いいなって言ったら、あたしのも刺繍してくれたの」

「お母さんが？　桃ちゃんの服に？」

「おぼえてない？」

お母さんが刺繍をするなんてことは、今日知ったばかりだと思っていた。なのに友梨自身も、お母さんが刺繍をした服を持っていたというのだ。

「どんなの？」

「白いTシャツの背中に、ひまわりの刺繍。友梨ちゃんとおそろいで。着られなくなって、もうないけど、取っておけばよかったな」

「えっ、桃ちゃんずるい」

美乃が声を上げた。

「へへっ、あたし、昔から図々しいの」

桃枝はピースサインをつくる。

「そんなことあったんだ。ちっとも思い出せないや」

忙しいお母さんに、何かしてもらったという記憶がない。だからといって不満もなかったけれど、ひとり曾祖母のところにあずける友梨を、お母さんなりに気にかけてくれていたのだろう。

「背中は見えないからさ、着てても目に入らないからおぼえてないんじゃね？」

それはあり得そうだ。

「どうして背中だったんだろ。どうせ白地のシャツなら、見えるほうに刺繍してくれればいいのに」

「背中だからおしゃれなんじゃない？」

単なるデザインで、お母さんは背中にワンポイントがいいと思っていたのか。でも、お父さんのくたびれたTシャツは、そこが破れたから刺繍で繕ったということだった。

「あー、瑛人のやつ、やっぱり来なかったな」

とりとめもなく話し、笑って、お腹がすいてきたらなんとなくお開きの時間だ。

「帰ろうか」

ドリンクはもう空になっている。そろりとみんな腰を上げる。

早く冬休みにならないかな。ほんと、クリスマスもお正月もあるし。

こんなふうに、何をするでもなく集まれるのが楽しいけれど、友梨は瑛人のことが引っかかっている。彼はこんな集まりを、楽しんでいないのだろうか。友梨が引っ越してきて、たまたま集まるようになったことを、喜んではいないのかもしれない。

お互いを架空の友達のように感じてきたからか、自分たちは似ていると思っていた。ものの見方も、興味の方向も似ていて、なんとなくお互いを理解できる。周囲の同い年の子とは少し違う彼を、おもしろいと思い、友梨は親しみを感じている。でもたぶん、友梨は彼のことを、まだ何も知らないのだ。

それぞれの家へ向かい、またね、と別れる。外は暗く、シンと冷えた空気を自転車が切り開いていく。白い息の向こうに星がよく見える。ひとりになっても、家まではもうすぐだ。

視線を地上に戻すと、道の先に、街灯に照らされたバス停が周囲から浮かび上がって見えていた。ちょうどバスが来たところだ。そこへ向かって、田んぼのあぜ道を走っていく人影がある。バスに乗り遅れた人だろうか。間に合うのかと心配しながら見ていたが、それが瑛人だと気づき、友梨は自転車を止めた。

彼はバスに乗るつもりではない。誰かを追いかけて来たのだと直感したのは、瑛人がいつになく険しい顔をしているように見えたからだ。

とっさに友梨は、電柱の陰に身を寄せる。明かりの灯るバスの中で、瑛人に気づいたかのように振り向いた顔がある。バスの窓辺から、瑛人のほうをじっと見ているのは、メガネをかけた学生みたいに若い男の人だ。なんとなく、泣きそうな顔をしているように見えたけれど、瑛人がバス停に着く前に、バスは発車してしまった。

瑛人が怒っている。メガネの人は悲しんでいる。見てはいけないような気がして、友梨は立ち尽くす。

遠ざかるバスを見送る瑛人の後ろ姿は、走ってきて息切れしているからというだけでなく、苦しそうだった。そして彼は、憤りをぶつけるように、何かを地面に投げ捨て、とぼとぼとその場を去って行った。

誰もいないバス停で、友梨が拾ったのは、くしゃくしゃになった紙切れだった。

*

ひいおばあちゃんが小さな半纏《はんてん》を縫っている。こたつに入り、背中をまるめて手元に顔を近づけているが、針を持つ手は迷いなく動く。素早い動きに友梨は感心して見入る。ひいおばあちゃんは、すべての動作がゆっくりなのに、手先だけは友梨よりも軽やかに動くのだ。

「それ、紗和ちゃんの半纏？」

「うん、送ってあげようと思ってね」

「ふうん、かわいいね」

「友ちゃんのもつくってあげようか？」

「わたしはいいよ。ダウンの上掛けがあるから」

手先が器用な家系、とお母さんが言っていたのを思い出しながら、友梨は毛糸で編んだこたつカバーを撫でる。これもひいおばあちゃんの手作りだ。余った毛糸で四角く編んだものをつないでいるので、色とりどりでかわいらしい。

「お母さんも、刺繍が上手なんだね。知らなかった」

「遼ちゃんは、やればできるんだよ。めったにやらないけどね」

きれいなみかん色の半纏は、背中に模様がある。襟の少し下に、小さく白い蝶が刺繍されているのだ。気づいた友梨は、身を乗り出して覗き込んだ。

「この刺繍も、ひいおばあちゃんが？」

「そうだよ。紗和ちゃんは蝶が好きなんだよね」

「だったら、前のほうに刺繍してあげればいいのに。着たら見えないでしょ？」

桃枝たちと話していた疑問を口にすると、ひいおばあちゃんは大きく首を横に振った。

「前じゃダメだよ。これは背中を守るためのものなんだから」

想像もしていない答えだった。

「守るって、蝶にそんな意味があるの？」

「蝶じゃなくて、糸、かねえ。これは背守りっていって、子供の背中を守るために縫うものなんだよ。後ろは自分じゃ見えないから、無防備だろう？」

「お守りなの？　糸を使えば、何を刺繍してもいいの？」

「あたしが子供のころも、いろんな刺繍があったから、いいんじゃないかね」

「じゃあ、大人でも背中に刺繍したほうが安心ってこと？　後ろが見えないのは同じだから」

「大人の着物には縫い目があるからいいんだよ。子供のにはないから、あえて糸を縫い付けるのさ。着物を着てたころの親心だよ」

「え、大人の着物とは仕立てが違うの？」

「ああ、ほら、着物の反物は、背の真ん中でつないでつくる幅になってるからね。子供のだと、つながなくても幅が足りるから、縫い目がないんだ。それで背中を守るために、単純な縫い目をつけてたんだけど、刺繡で模様にしたほうがかわいいし、親もやりがいがあるからね」

お母さんは、背守りのことを知っていて、友梨や桃枝のTシャツの背中に刺繡をしたのだろうか。そもそも洋服は、背中に縫い目がないことが多い。背後から、何かに悪さをされないように、安全を願ってのことだったのだ。

「お母さんは、小さかったわたしのTシャツに刺繡してくれたみたい。洋服でも効果があるのかな」

ひいおばあちゃんは、蝶の刺繡の下に短い糸の房を縫い付ける。座布団の四隅にあるようなやつだ。それから玉留めした糸を切って、小さな半纏の出来栄えを確かめる。

「守られてる気がしただろ?」

刺繡があったこともおぼえていないのに、守られていたんだと思うと、ふんわり背中があたたかくなった。

お父さんのシャツにも、きっと同じ思いがこもっていたのだ。破れたのは、そこに何かが引っかかったからだという。服が破れるようなことだから、怪我だってしかねない。お母さんはただ繕うのではなく、願いを込めて刺繡にしたのかもしれない。

刺繡で誰かを守れるなんて、いいなと友梨は思う。見栄えもいいし、迷信だとしても抵抗感は少ない。さりげなく人をささえることが、友梨にもできそうだから。

＊

日曜日、瑛人はバス停で待っていた。この前、彼を見かけたバス停だ。もちろん友梨は、あのとき見ていたことも、拾った紙切れについても黙っている。

シンプルな紺のステンカラーコートに、タータンチェックのカバンを斜めがけにし、両手をポケットに突っ込んで立っていた瑛人は、制服のときより少し大人っぽく見えた。これまでも休みの日に会うことはあったのだから、私服は何度も見ているのに、いつもと違うように感じるのはどうしてだろう。

芽依があんなことを言うからだ。男子だとかは関係ないのに。

「なんか、いつもと違う?」

友梨を見て、瑛人もそんなことを言った。

「え、そうかな」

「その服、かわいいな」

フェイクファーのついた白いショートコートは、お気に入りだったからにやにやしてしまった。

やってきたバスはすいていたけれど、ふたり掛けの座席に並んで座った。

「バスで出かけるの、初めてだね」

友梨が言うと、瑛人はこちらを見る。距離が近いから、ゆるいくせ毛がまつげにかかっているのを友梨はついまじまじと見てしまう。瑛人の白い頬はあくまで白い。友梨も色白だとよく言われるが、冬になるとすぐ頬が赤くなってしまって、垢抜けないから嫌いなのに、瑛人はそんなことはない。

「そういやそうだ。たまにはいいよね？」

無邪気に笑う彼も、芽依が言うような意味なんか頭の隅にもないだろう。

「わたし、あの遊園地にプラネタリウムがあるなんて知らなかった」

隣町に、小さな遊園地があるのは知っていたが、地味な印象しかなかった。どうせ遊びに行くなら、もう少しだけ足を延ばせば大きなレジャーランドがある。そこは友梨の通う高校でも生徒に人気のエリアだ。

「僕も、この前知った」

「どうして、行ってみたくなったの？」

「手動の投影機があるんだって。ずいぶん古いものらしいよ」

古びたフィルムを上映する映画館みたいな、ノスタルジックなイメージに、瑛人が惹かれるのはわかるような気がした。弟の拓也も、今どきフィルムのカメラを使う。友梨は機械のことはわからないが、好きな編み物は、何百年も変わらない手仕事だ。人の手で扱う部分が多い昔の機械は、職人的な感覚に左右されるというから、興味を感じている。

「めずらしいんだ？」

「もうあんまり残ってないんじゃないかな」

「星空、こっちへ引っ越してきたらよく見えるけど、北斗七星とオリオン座しかわからないや。ほかにもおぼえたいな」

暗くなってから家へ帰ることも多くなったこの時期、みんなでいたときに、友梨が星空のことを話題にしたことがあった。こっちでは天の川が見える、と感激したのだが、みんなは何がめずらしいのかと首をかしげていた。

「うん、僕も。友梨ちゃんもおもしろがってくれると思ってさ」

あのとき、北極星はどれかと友梨がつぶやいたことを、瑛人はおぼえていたのだろう。

三十分ほど乗ったバスを乗り換えて、また数十分、遊園地に到着する。日曜日なのでそれなりに人で賑わっているが、子供向けの遊具が多いからか、小さな子供を連れた家族が目立つ。たまにカップルとすれ違うと、どんな会話をしているのだろうと聞き耳を立ててしまう。

友達とふたりで来ているのか、恋人どうしなのかは、どこが違うのだろう。手をつないでいたら恋人？　だとしたら、その人たちはどういうきっかけで、手をつなぐことになったのだろう。

どちらかが、手をつなごうって言ったから？

告白して、つきあい始める子たちは周囲にもいる。そういう関係があるのはわかるけれど、急に告白されて、「はい」と言った瞬間に気持ちが変わるものなのか、友梨にはわからない。そもそも、「はい」と言うには相手のことが気に入っているはずだし、それは友達として好きだった、というのとは違うのだろうか。

友達として好きでも、つきあえないこともあるという。身の回りでもドラマでも耳にするけれど、どう違うのだろうと思うとあまりよくわからない。好きだという気持ちには、たぶん二種類あるのだろうけれど、オセロの石がひっくり返るように、急に好きの色が変わるのだろうか。

「あれかな?」

瑛人が指さした白いドームの建物は、色とりどりの遊具の向こうで、異彩を放っていた。にぎやかでカラフルな遊園地にあって、あの中は暗い夜空だけを映し続けているのだから無理もない。

遊園地の一部だとは、誰も知らないのではないかと思うほど、建物の中は人が少なくて静かだった。けれどその何倍も、何億倍も、プラネタリウムが映し出す空は静かだ。無限の広がりを閉じ込めて、遊園地の色もにぎやかさも、ちっぽけな自分の疑問も言葉も、広大な静寂に飲み込まれて消えてしまう。そんな心地よさに身を委ねた。

小さなドームから広い外へ出たときは、逆に狭い世界へ戻ってきたかのようで、晴れた空でさえ窮屈に感じた。けれど、素直に言葉は出てくる。

「楽しかったね」

うん、と瑛人もめずらしく頬を紅潮させる。

「北極星、おぼえた?」

「おぼえた。北斗七星って、星座じゃなかったんだね」

「大熊座か。北斗七星以外の星は見つけにくいから、あんまり熊を意識して見たことなかったな」

「ひしゃく座かと思ってたよ。古いプラネタリウムだっていうけど、本物の星空みたいだったよね」

「あんな機械が五十年以上も前からあるんだよな。もっと見に来てればよかった」

新しいものに人は集まるから、古くなるほどに忘れられていく。でもそれでいいのかと、このごろはふと思う。ひいおばあちゃんと暮らすようになったからだろうか。

ひいおばあちゃんが知っている、古くて忘れかけられているいろんなことを知るたびに、友梨は新鮮な驚きを感じている。とても貴重なものに思えるのだ。

「古いものを残していくって難しいよね」

瑛人の家も、二百年くらい続く酒蔵だと聞いたことがある。遠い過去から続くものが身近にあって、今でも同じようにつくられているのを見てきた彼にとって、かつての英知の結晶が失われることには、友梨よりもっと思うところがあるのだろう。

「瑛人くんの家も、すごいよね。蔵も古くて立派だし」

「そんなことないよ」という返事は、謙遜というにはなげやりで、うつむきがちの横顔が困惑していた。

「なあ、あれ乗ろうよ」

話をそらすかのように、唐突に観覧車を指さす。ほかの遊具にくらべ、観覧車は大きめで一番目立つ。高台にある遊園地だから、観覧車からの見晴らしは、きっと素晴らしいに違いない。

「うん、乗ろう」

短い列ができていたが、さほど待たずに乗ることができた。前のゴンドラに、友梨たちと同い年くらいのカップルが乗っている。並んで座り、仲良さそうに肩を寄せ合っている。

友梨は瑛人と向かい合って座っているため、彼にはそのカップルは見えていないだろう。だから、ちょっと訊いてみたくなった。

「瑛人くんは、デートしたことある？」

「うん」

あっさり返ってきた答えに、友梨はうろたえるのを隠せなかった。

「えっ、いつ、誰と？」

「今」

純粋に驚く友梨を見て、瑛人はからかうように頬杖をつく。

「これってデートじゃないの？」

そうなのだろうか。

「でもほら、友達と遊びに行くのは、そういうんじゃないような」

ゴンドラはゆっくりあがっていく。どんどん視界が広がると、下方の街を割って、電車が走っていく。遠くにちらりと海が見える。

「友達でも、デートのときもあるんじゃない？」

「じゃあ、そうじゃないときもある？　どう違うの？」

首をかしげた瑛人は、笑うだけで答えてくれなかった。

「この前、図書館カフェに来なかったでしょ？　イワくんが、メールしたのに返事がないってぼやいてたよ」

唐突にそんなことを言ってしまったのはどうしてだろう。たぶん友梨の中で、今の瑛人と、あの日バス停に来た彼とが重なったからだ。あのときの彼は、友梨の知らない瑛人だった。今も、ちょっとそんな感じがしている。

「ああ……、急に人が訪ねてきて」

その人と、瑛人の間に何があったのか。

「だけど、会わなきゃよかった」

「その人は、友達?」

「違うよ。あの人は、嫌いだ」

今日の瑛人は、いつもより距離が近い。狭いゴンドラの中だからというわけではなく、言葉の距離が近い。いつもと同じように淡々とした口調でも、あけすけな気持ちがにじみ出ているようで、友梨は彼の一言一言に敏感になる。

「どうして、嫌いなの?」

訊きながら、友梨の内とも外ともわからない場所でざわざわと風が吹く。問えば、彼の深いところに踏み込んでしまう。自覚しながらも問わずにはいられない。

「友梨ちゃんには、嫌いな人はいる?」

少し前まで、お父さんのことを嫌いだと思っていた。嫌い、というより、ふつうじゃないとかカッコ悪いとか、そういう感覚だ。避けていても、本気で嫌っていたわけではないし、唯一のお父さんで家族だ。反発しても無視しても、けっして断ち切れることはないとわかっていたから、安心して嫌っていられたのだ。

だけど、瑛人の言う〝嫌い〟は、もっと強い感情だ。

「苦手な人には近づかないから、そんなに嫌いって思うことないかな」

「僕は……、あの人が嫌いなのは、自分を嫌いだと思ってしまうからなんだ」

観覧車がてっぺんまで来ると、ひとつ前のゴンドラが視界から消える。瑛人とふたりだけで宙に浮かんでいるかのように、空が近くに感じる。

「わたしは、瑛人くんが好きだから、嫌わないでよ」

今だけは、瑛人を嫌いな人はどこにもいない。観覧車のてっぺんは、ふたりだけだ。

瑛人は不思議そうに友梨を見ていたが、小さく笑った。

「なんか、うれしいな」

観覧車は動き続けている。空に近づいたかと思うと、またゆっくりと下りていく。地上に着けば、瑛人はたぶん、いつもの彼に戻るのだろう。ゆれてこぼれるような言葉を潜め、落ち着き払った少年に。

＊

勝手口を入った土間に、野菜が積まれている。ご近所からもらったりあげたりと、野菜の山はなくなることはない。そんな野菜に占領されそうな上がりがまちに腰かけて、ひいおばあちゃんが誰かと話しているのが聞こえてきた。

学校帰りの友梨が、勝手口に隣接する納屋に自転車を入れていたときだ。ガラス戸は閉まっているが、声ははっきり聞こえていた。

「ときどき、何を考えてるのかわからないのよね」

女の人の声に、ひいおばあちゃんが答える。

「男の子がいちいち、思ってることを親に言わないよ」

「女の子も年頃は難しいですからね」

上がりがまちの奥にいるのか、お父さんの声だ。友梨は不愉快になるが、ガラス越しにちらりと見えたお客さんが、和島酒造の奥さんだと気づき、自分のことはどうでもよくなって聞き耳を立てていた。

瑛人のお母さんは、ひいおばあちゃんと仲がいい。公民館の編み物教室で親しくなったらしい。

「そう？　友梨ちゃんも拓也くんも素直そうだけど」

「ひいおばあちゃんにはね」

お父さんが言うように、友梨はひいおばあちゃんには反発する気が起きない。祖父母に対してだと、なんとなく気を使っていい子でいる部分もあるが、ひいおばあちゃんには気を使わず素直になれる。

「年季が違うからね」

「うちにもひいおじいちゃんかひいおばあちゃんがいればよかった。おじいちゃんおばあちゃんじや、まだ力不足なのね」

「そういや、瑛人くんは、コウさんに似てるよ。あの人は、男前でねえ」

ひいおばあちゃんが言うコウさんは、瑛人の曾祖父だと思われる。

「あ、お義母さんもそんなこと言ってました。でも、似てるかなあ。わたしは写真で見ただけで、渋いおじいさんとしか」

「雰囲気が似てるんだ。あの人は本当にお酒が好きでね。蔵元で杜氏《とうじ》の堂々とした姿も、お酒への情熱も格好良かったね」

ひいおばあちゃんのつぶらな目が、細く垂れているのが遠目にもわかる。

「瑛人は……、どうなんだろ。ただ、家業は嫌いみたいなの。言わないけど、あんまりかかわりたくないみたい」

自分の家のことを、彼が嫌っているだなんて思ってもみなかった友梨は驚いた。ただ、前に遊園地で酒蔵の話をしたとき、さらりとかわされたようだったのを思い出す。彼には触れられたくないことだったのだろうか。

納屋は寒い。立ち聞きもあまり行儀がよくない。瑛人のことならなおさら、勝手に聞いていてはいけないような気がしながらも、友梨はまだそこにとどまっている。

「中学のとき、お酒の嫌いな先生がいて、いやな扱いをされたみたいなのよね」

奥さんがため息をついた。

「お酒が嫌いって、飲めないってことですか?」

お父さんが問う。

「ううん、そうじゃなくて、酔っ払いは人に迷惑をかける、みたいなイメージがあったのかな」

「はあ、でもそれで、酒蔵の家の子にあたるなんて……。関係ないじゃないですか」

「まあね。だけど瑛人は傷ついたんでしょうね」

そのことと、桃枝たちが言っていた、瑛人が孤立していたという話が重なった。みんなも事情を知らないみたいだったが、このことだったのだろうか。

「ああもう帰らなきゃ。つい長居しちゃった」

瑛人のお母さんの声に、友梨はあわてて納屋を出る。

瑛人はもう高校生だ。中学の先生とは縁が切れただろうし、過去のことでしかない。彼はもう大丈夫だ。そう思う一方で、バス停の人物がちらつく。嫌いな人だと彼は言っていた。瑛人がそういう人を嫌うだろうか。それほどのいやなことが、また新たに起こっているのか、以前のことと関係があるのか、考えても友梨にはわからない。

でも、気になる。

自室に駆け込んだ友梨は、引き出しから折りたたんだ紙切れを取り出す。瑛人が捨てたそれは、くしゃくしゃだったけれど、友梨が開いて伸ばし、丁寧に折りたたんだ。手紙だったら読まないつもりだったけれど、何かの手順を図解したものだった。

まるいボールみたいなものが、簡単な線画で描かれていたが、友梨にはさっぱり何なのかわからない。連想するのは毛糸でつくるポンポンだ。球形に切りそろえてつくるらしいところが似ているが、素材は毛糸ではなさそうだ。

『瑛人くんへ』

文字はそれだけだ。少々乱暴な筆致に見える。バス停で見た人の、若い雰囲気とは重ならないが、あの人が書いたものではないのだろうか。

瑛人は、あの人と自分と、そしてたぶん、このボールのようなものも嫌いなのだ。

でも、自分を嫌いにはならないでほしい。観覧車の中で、うれしいと微笑んだ瑛人の顔が浮かび、頭から離れなかった。

＊

美乃の家は洋品店だ。農協に近い商店街で、洋服を売っている。購買層は高齢者だが、男女を問わず着るものなら何でも手に入るという店で、店頭になければ取り寄せてくれる。そんな美乃の家に、ひいおばあちゃんのお遣いで割烹着《かっぽうぎ》を買いに行った友梨は、店にいた美乃から、思いがけない話を耳にしていた。

「この前、中学のときの先生に偶然会ったんだよね。カッコよくて人気のあった先生」

美乃たちが通っていた中学は、ここからすぐ近くだ。先生が来ても不思議ではないが、美乃の口調から、先生が近くに現れるのはめずらしいことだと思われる。

「ふうん、担任だったの？」

「一年のときね。あ、瑛人くんも知ってると思う。二年のときは瑛人くんのクラス担任だったから」

瑛人の先生だと聞き、友梨の中でいろんなことが結びついた。彼を嫌っていた先生がいたこと、そしてこの前、バスに乗っていた、嫌いな人だと瑛人が言ったメガネの男性のことだ。

「……若い、先生？」

「うん、まだ二十代だと。雰囲気は学生っぽかったね。だからみんな、お兄さん感覚で慕ってた。でも、三年になったときに、異動か何かでいなくなっちゃったんだよね」

友梨が見た人、あれがもし瑛人に意地悪だった先生なら、どうしてまた現れたのだろう。

「何か用があって来てたの？」

「さあ、急いでたみたいで、あんまり話せなかった」

美乃にとってはいい先生だったようだ。なつかしくて、誰かに話したかったのだろうけれど、友梨ではなつかしさを共有できなかった。けれど、別の意味で聞き流せない。

「瑛人くんも会いたかったかな」

「そうだね。あ、でも彼は先生のこと慕うタイプじゃないな。出来がよすぎるから」

教え甲斐がないだろうし、すまして遠くを見ているような態度も、印象はよくないかもしれない。先生だって人間だから、内心思うことはあるだろうけれど、態度に出すのはどうなのか。勝手にあれこれ想像してしまう。

「あー、あるね。出来が悪いほうが、かわいがられたり」

「愛嬌があるイワくんとかね。桃ちゃんも、元気があってはっきりしてるから、いつも注目されてたな」

平凡すぎて影が薄いから、いつもおぼえてもらえない、という美乃に、友梨は自分もそうだと同意する。

「いやいや、友梨ちゃんは、興味がない人にはおぼえてもらおうとも思ってないだけ」

「それってわたし、かわいげがないじゃん」

かわいげ、というものの正体も、友梨にはよくわかっていないが、美乃はおとなしくてもニコニコしていて、かわいいのはわかる。一方でこの前の、瑛人とふたりで出かけたときの自分を思い返すと、かわいげがなかった気がして、なんだかあせる。

「友梨ちゃんは、無理に笑わないほうがかわいいから大丈夫」

美乃を前に笑顔の練習をしてみたら、そう釘を刺された。

「そうだ、友梨ちゃんに頼んでもいいかな」

唐突に、先生の話は終わる。美乃は店の奥へ引っ込むと、戻ってきたときには、たたまれた白い布を手にしていた。

「これ瑛人くんに届けてくれない？　帰り道、和島酒造のそばを通るでしょ？」

「何これ。シャツ？」

「半被《はっぴ》」

美乃が広げてみせたのは、真っ白な半被だ。洋品店で半被も扱っているのは知らなかったが、美乃によると、町内での祭りの半被なども取り寄せているという。

「これ、瑛人くんが注文してたの？」

真っ白で、なんとなく神事で使うようなものかと想像する。瑛人とは結びつかない。

「ううん、森屋《もりや》さんって人。三か月くらい前の注文なんだけど、お金もらってるのに取りに来ないし、知り合いの人によると倒れたらしくて。今は入院中みたいで連絡が取れないの。半被は瑛人くんのだって言ってたし、年末に使うかもしれないから」

「年末に白い半被がいるの？」

「わかんないけど、注文するときに森屋さんがそんなことを」

美乃によると、森屋という初老の男性は、町外れの山で炭焼きをしつつ暮らしていたという。ちょっと浮世離れした人らしい。瑛人が興味を持ちそうだ、と友梨が直感したように、小学生のころから彼は、森屋の炭焼き小屋によく出入りしていたようだ。

そうして、森屋は瑛人のために半被を用意していたが、渡せないままになっている、ということらしい。

「じゃあ瑛人くんも、森屋さんと連絡が取れなくなって心配してるかもしれないね。渡しておくよ」

赤と黄色の看板が目立つ、小さなスーパーの前を通り過ぎ、和島酒蔵に近づくと、上りの坂道に沿って白い塀が続いていて、そこだけやけに風情のある風景になっている。自転車を押しながら歩いて行くと、やがて見えてくる家屋の、木の外壁と白い暖簾《のれん》が店の正面入り口だ。友梨はいつも、その向こうにある通路から住居の玄関前へ入っていく。しかし今日は、店の入り口でふと立ち止まった。

暖簾の上のほうに、まるいボールのようなものがぶら下がっているのに気づいたからだ。

以前からあるのは知っていたが、焦げ茶色のそれは建物の外壁と同じ色なので、一体化していて、家の一部としか見ていなかった。けれどそのとき、はたと気づいたのだ。

拾った紙切れにあったのは、これのつくりかたなのではないか。友梨の身長より高いところにあるが、よく見ようと覗き込む。茶色の毛糸でつくった巨大ポンポンみたいだが、間近で見ると亀の子タワシに似て硬そうだ。

「友梨ちゃん、どうしたの？」

声に驚いた友梨は、あわててポンポンから離れて振り返った。瑛人がそこに立っていた。

「あ、瑛人くんに用があって」

彼があの紙切れを、苛立ちとともに投げ捨てていたことを思うと、このポンポンが何なのかは訊けない。

瑛人は出かけるところなのか、コートを着てマフラーをしていた。

「美乃ちゃんからあずかったものがあるの」

自転車のかごに入れていた、紙袋を取り出して手渡す。

「なんで、美乃ちゃんが？」

「森屋さんって人が瑛人くんにって注文してたみたい」

急に眉をひそめた瑛人は、ため息をつき、袋の中を確かめようともせず、斜めがけにしたカバンに突っ込んだ。

「それ、半被だって。白い半被」

困惑したように、瑛人は頭を振る。

「もう、ずいぶん長いこと会ってないのに」

「そうなの？　瑛人くんがほしがった半被ってわけじゃないの？」

「ほしがってたって、小さかったころのことだろ。今さら、って感じだよ」

「でも、その人はおぼえてたんだよね。倒れて入院中らしいって」

瑛人は知っていたのか、小さく頷いた。それからしばらく、考え込むように黙っていたが、ゆっくり顔を上げる。

「受け取れないから、返しに行く」

「え、病院へ？」

「家へ」

「どっか出かけるところじゃないの？」

「そこのスーパーへ行こうと思っただけ。わざわざ届けに来てくれたのに、ごめん」

そう言うと、瑛人はすぐに歩き出すから、友梨は自転車を引っ張ったまま後を追った。

「ねえ待ってよ。わたしも行く」

困った顔の彼に、それでもついていくと、あきらめたように立ち止まった。

「自転車では行けないから」

結局、和島酒造の敷地に自転車を置いていくことになった。ふたりでしばらくは舗装された道を歩いたが、やがて道は、山へ分け入るような狭く急な坂道になった。道は階段状になったところもあり、たしかに自転車で行き来はできない。慣れた様子の瑛人は、この道を何度も行き来していたのだろう。

木々に風がさえぎられて、寒さはあまり感じなかったが、澄んだ空気が頬にあたると、棘《とげ》のようにちくちくした。瑛人も友梨も無言で歩く。不規則なでこぼこに、転ばないよう気をつけなければならなかったのだ。

そんな道をひたすら進むと、やがて木々の奥に、開けた場所が見えてきた。

畑は放置されていたが、まだそう荒れてはいない。草が伸びる季節ではないからかもしれない。

その向こうに、かやぶき屋根の小さな建物があり、隣には簡素な木組みの屋根や積み上げられた木材が目についた。

「ここ、森屋さんがいたところ？」

近づくと、木組みの屋根の下には石と土で盛り上げたような窯《かま》が見えた。

「うん、あの窯で炭を焼いてたんだ」

なつかしそうに、瑛人は目を細める。どうして、ここへ来なくなったのだろう。

友梨の疑問をよそに、瑛人は住居だと思われるかやぶき屋根の小屋へ向かい、玄関の横にあった植木鉢から鍵を取り出した。

昔からそこに鍵が置いてあったのだろう。瑛人は自由に出入りしていたに違いない。

玄関の引き戸を開けると、土間になっていて、タイル貼りのシンクやガスコンロがあるのが見えた。

土間からあがったところ、磨《す》りガラスの入った戸の向こうは囲炉裏《いろり》のある板間だ。あまり物がなく、すっきりと片付いているが、ふすまを隔てた隣の部屋は、大量の本が壁際を埋め尽くしていた。

「森屋さんは、物知りで。好きなだけ本を貸してくれたし、ここで読んでいっていいって言ってくれた」

瑛人が喜んで入り浸ったのは自然なことに思えた。

「不思議な話もよくしてくれたな。ここにいると、山に棲むいろんなものが現れるんだとか」

「おばけみたいなもの？」

うん、と瑛人は頷く。友梨はちょっと怖くなる。

「暗闇からにじみ出てくるもの、強い日の光と風にゆれる木々の影が生み出すもの、こだまする獣のうなりに混じるような息づかい。僕も、目には見えないけど感じてた」

今も、ここは人里から切り離されている。周囲が田畑ばかりでも、友梨の家とは光も影も気配が違う。風が運ぶ冷気も心なしか攻撃的だ。

「そういう、不思議なことの答えをさがすような本も、ここにはたくさんあるんだ」

そう言いながらも、瑛人は本棚とは別の場所を見つめていた。

衣紋《えもん》掛けがある。かかっているのは、白い半被だ。森屋のものだろう。

「山に入って、炭にする木を取るとき、それを着るんだって。山に対する敬意だとか、悪いものを寄せ付けないようにとかって言ってたけど、気持ちを引き締めるための、森屋さんにとっての儀式だったんじゃないかな」

「瑛人くんも、山へ入ろうと思ったの？」

「小さいときだよ。小学校のころ、白い半被がとくべつな感じがして、森屋さんが山へ入っていくのをかっこいいと思ったんだ。ついていきたがったら、十五歳にならないとダメだって言われた。昔で言う大人じゃないと、ってね」

瑛人がここへ来ていたときは、まだ十五になっていなかった。来なくなってしまったけれど、成長した瑛人がまた訪ねてくるかもしれないからと、森屋は白い半被を買っておこうと思ったのだろうか。もしもひょっこり現れたら、いっしょに山へ行こうと考えたのか。

「じゃあ、炭のための木って、年末に切るものなんだ」

瑛人は怪訝そうな顔をする。

「年末に使う、みたいなことを美乃ちゃんが森屋さんに聞いたって」

すると、深く眉根を寄せた。ここへ来た目的を不意に思い出したかのように、急いでカバンから半被の袋を取り出して、ちゃぶ台に置く。紙袋が変に折れ曲がっているから、中の半被もしわくちゃになっているかもしれない。

友梨は紙袋から半被を取り出し、たたみ直そうと、ちゃぶ台の前に座った。

「どうして、もういらないの?」

瑛人は突っ立ったまま、友梨がたたむ半被をじっと見ていた。

「使わないから」

「森屋さんのこと嫌いになったの?」

「……そうじゃない」

ぷいと背を向け、出ていく瑛人を視線で追いながら、友梨も立ち上がる。衣紋掛けの、森屋の半被が目に入る。白い生地は少しくすんでいるが、しわもシミもない。背中のまっすぐな縫い目に、友梨は視線を惹きつけられる。

しかし、たたみ直した瑛人の半被には、縫い目がなかった。背中は平らな一枚布だ。これじゃあ、山の中に棲む危険なものから瑛人を守れない。

とっさに友梨は、瑛人の半被を自分のカバンに入れていた。

*

瑛人にとっていらないものがふたつ、友梨は自分の部屋で、ベッドに並べてみる。バス停で捨てられた紙と、白い半被だ。

「ねえ、ひいおばあちゃん、和島酒造さんのところに、大きなタワシみたいな玉がぶら下がってるでしょ?」

ちょうど部屋へ入ってきたひいおばあちゃんをつかまえ、友梨は紙切れを見せた。

「これって何? 細い枝か藁《わら》を集めてつくるみたいだけど」

「ああ、杉玉《すぎだま》だね。酒林《さかばやし》ともいうねえ。お酒の神さまの神木が杉だから、杉の穂を集めた玉を、造り酒屋がつるすようになったんだって」

「ふうん、それで瑛人くんの家にあるんだ」

でも、あるのにまたつくる必要があるのだろうか。

「友ちゃん、つくるのかい? あそこのは大きいから、杉の穂がたくさんいるよ」

「あれって、取り替えるものなの?」

「そうだよ。できたての青々とした玉は、今年の新酒を搾りはじめたっていうしるし。そのときに付け替えるんだ。杉玉の色が変わっていくように、お酒も熟成していくから、お客さんはあれを見て、お酒の状態がわかるんだよ」

「和島さんの新酒は、もうすぐなの?」

「うん、毎年このくらいの時期だね」

だから、年末に新しい杉玉がいるのだ。

「そういえば、いつも杉玉をつくってた森屋さんが病気だってね。それで瑛人くんと?」

「森屋さんって、炭焼きの? その人が毎年つくってたんだ」

「あの人は、庭師だったんだ。神社の木の手入れもするような造園の会社にいて、和島さんはそこに杉玉を頼んでたんだけど、会社がなくなったんで個人的につくってもらってたんだって」

会社がなくなって、森屋はこの町で炭焼きをはじめたのだろう。ずっと木を扱ってきたから、人一倍山や木に敬意を持っていて、白い半被にこだわったのか。

「そうだ、ひいおばあちゃん、背守りの縫い方、教えて。これ、背中に縫い目がないの」

もうひとつの問題、瑛人の白い半被を、友梨は見せる。

「ほう、これは、洋服の生地でつくったんだろうね。反物じゃ、背中で合わせないとこの長さは取れないけど。今どきは、縫う手間を考えても、こっちのほうが経済的だしね」

だから、大人が着るものなのに、昔の子供の着物みたいに縫い目がないのだ。

どれどれ、と、ひいおばあちゃんはベッドに腰かける。

「どんな背守りがいいかねえ?」

「神聖な白だから、刺繍は違和感あるね」

「必要なのは模様じゃないし、上手でなくてもいい。いっそまっすぐに縫うだけでも十分なんだ。大切な人を思って糸を布に通せば、背は守られる」

半被の、平らですべすべの背布を、ひいおばあちゃんは厚みのある手で撫でる。あらゆる日々の仕事でできたタコやマメは、ひいおばあちゃんの手をしっかり守っていて、たぶんもう、ちょっとやそっとでは傷つかない。

強くなるには、まっさらではいけないのだろうか。

針で糸を通した縫い目は、布にとって傷ではないのだ。

「どうして、縫い目が魔除けになるんだろ。隙間がない一枚布のほうが、悪いものが入り込んだりしないように思うけど」

「あたしが思うに、縫い目ってのは、ふたつのものをひとつに縫い合わせてるわけだろ？　ひとりよりも、ふたりの祈りのほうが強いからね」

友梨の裁縫箱から白い糸を取り出し、糸巻きから少しほどいて垂らす。

「危ないとき、糸を、神さまがつかんで守ってくれる。悪いものがつかむと抜ける。糸の房をつけるといいかもね」


弱いものを守るために、昔の人はどうすればいいかと考えてきた。守りたい、その思いが、ただの糸に力を込めるのだろうか。

白い半被の背中に、友梨は白い糸を通していく。模様は、あたりも必要ないほど単純なもので、友梨の頭の中にはきちんと描かれている。それを針と糸で縫い取っていく。

一息ついたとき、携帯電話が鳴った。誰だろうと手に取ると、めずらしくイワだった。

「瑛人に会った？」

と彼は問う。

「美乃に聞いたんだけど、有本《ありもと》先生に会ったって話、瑛人にしないほうがいいと思ってさ」

「中二のときの、瑛人くんの担任だった先生？　そのことは話してないけど……」

「ならいいんだ」

よくはない。友梨は非常に気になる。

「ねえ、その先生は、瑛人くんに冷たく当たってたの？　中学のとき孤立してたってことと関係ある？　イワくんは事情を知ってるの？」

みんなで話していたときは、イワは知らないふりをしていたのだ。そう思ったから友梨はたたみかけた。

「うちのひいおばあちゃんに、瑛人くんのお母さんが言ってたんだ。家が酒蔵だから、先生に気に入られてなかったみたいなこと」

電話の向こうで、イワは少し戸惑う。

「うん……、友梨ちゃんなら言ってもいいかな」

「教えて、瑛人くんのこと」

友梨は思いがけないほどすんなりと、そう言っていた。瑛人にとって知られたくないことかもしれないのに、もし自分にできることがあるなら力になりたい、それしか考えられなかった。

普段の瑛人なら、自分の領域には踏み込まれたくないと思うだろう。でも、彼は友梨に訊いた。

〝嫌いな人はいる？〟

だったら、もう少し近づいてもいいのではないか。

「ＰＴＡでうちのお母さんが聞いた話だと、有本先生には酒癖の悪いお父さんがいて、ひどい目に遭ってきたんだって。それに瑛人は、成績はいいけど優等生タイプじゃないし、かわいげもないだろ？　冷静に反論とかするから、目をつけられたのかもな。変に揚げ足取られたり、絡まれたりだったらしい。風邪で休んでたから宿題できなかったってときも、叱られて居残りさせられたって言ってたな」

「でも、先生は人気があったんだよね」

「うん、若くて気さくな感じだったし。瑛人がかわいそう、って思う生徒もいたけど、大半は、瑛人がいけ好かないって印象だったみたい」

先生の態度は、クラスの空気に影響するかもしれない。好かれている先生ならなおさらだ。

「瑛人は、あのころも平然としてたな。もちろんいやな思いをして悩んでたんだろうし、家業を毛嫌いするようなことも言ってたけど、おれは……、何もできなかった」

瑛人にしてみれば、クラスの違う幼なじみという存在に、ずいぶん救われていたのではないだろうか。

「イワくんは、瑛人くんが山の中にある炭焼き小屋へよく行ってたのを知ってる？」

人里から隔てられた場所だった。瑛人にとって、家や学校からも隔離された、隠れ家のようなものだったのだ。そこで暮らしていた森屋さんも、世間から距離を置いていた人だと思われる。

瑛人がそこに行かなくなった理由は何だろう。家業のことでいやな思いをしたから、杉玉をつくる森屋のところへ行かなくなったのだろうか。しかし、学校が不愉快な場所になったのなら、瑛人はむしろ、炭焼き小屋を避難場所にしそうに思えるのに、そうではなかったのだ。

「炭焼き？　いや、知らない」

イワはそう言ったが、すぐに何か思い出したようだった。

「そういえば、瑛人が山で怪我をしたことがあった。先生が怪我をさせたって噂もあったけど、どうだったんだろ。たしか、瑛人が休んでるうちに春休みになって、先生は異動したんじゃなかったかな」

怪我をしたのが、炭焼き小屋のある山でなら、瑛人と先生と森屋と、三人の間で何かあったのかもしれない。瑛人が炭焼き小屋へ行かなくなったのは、たぶん、先生のことと無関係ではないのだ。

「ねえイワくん、杉玉をつくろうよ」

「え？　杉玉？」

「酒林とも言うんだって。瑛人くんの家の前に、大きな玉がぶら下がってるでしょ？」

「あれをつくるのか？」

「うん、瑛人くんのために」

＊

炭焼き小屋は、深く茂る木々が四角く刈り込まれたような場所にある。友梨は、小屋と畑が山と接する輪郭をたどるように、ぐるりと一回りする。

炭にする木を切り出すためにつくったような小道を見つけ、今度はそこから木々の茂るほうへ進んでみる。杉の木といえば、まっすぐに高く伸びた幹のイメージだが、想像通りの木が見当たらなかった。

小屋に戻り、軒下に張り出した縁側にリュックをおろして、中から半被を取り出す。瑛人のだけれど、杉の枝を切るなら着なければならないだろうと思ったのだ。

背守りの刺繍は、北斗七星だ。白い糸で縫い、房もつけた。ひしゃくから水が注がれるように、白い糸を束にした房が垂れ下がっている。しかし、これを瑛人が着ることはあるのだろうか。

小屋へ近づいてくる人影に、友梨は顔を上げる。瑛人はまっすぐこちらへ歩いてくると、不服そうに口を開いた。

「友梨ちゃん、デートしようって、ここで?」

少し前、友梨がメールを送っておいたのだ。

「そうだよ。いっしょに、杉の枝を集めたいの」

「それはデートじゃないよ」

「そうかな。お弁当もつくってきたし、ピクニックみたいでしょ?」

朝から、ちょっとがんばった。お父さんに教わるのは気恥ずかしいし、誰とどこへ行くのかなどしつこく訊くに違いないから、畑へ出ている時間にお母さんに教わった。どうにかできたお弁当が、リュックに入れてある。

「杉の枝で、杉玉をつくるの」

友梨はコートのポケットから取り出した紙を差し出す。開く前から、何の紙か気づいたに違いない瑛人は、驚きながらもやっぱり困惑していた。

「これを書いたの、森屋さん?」

瑛人は脱力したように、縁側に腰を下ろす。

「森屋さんは、瑛人くんに杉玉をつくってほしくて、つくりかたを書いたんだよね」

『瑛人くんへ』と書いてある。描かれているのはつくりかたの図解だけれど、これは思いを伝えた手紙なのだ。

「杉玉って、お酒を造ってる瑛人くんの家では大事なものなんでしょう？　いつも、森屋さんがつくってたのに、今年は無理だから困ってるって、おばさんがひいおばあちゃんに話してたみたい」

森屋は、いずれは瑛人に杉玉のつくりかたを教えるつもりだったのだろう。瑛人もそれを心待ちにしていたはずだ。山へ行きたがったという瑛人は、もう少し大きくなったなら、森屋といっしょに杉の枝を取りに行くはずだった。

「どうして捨てたの？」

「それ、うちの店の人が、訪ねてきた人からあずかったって、僕に渡してくれた。でも、森屋さんは入院したって聞いてたから、持ってきたやつに突き返そうと思って。まだそのへんにいるんじゃないかとさがしたんだ」

瑛人は、誰が持ってきたかわかっていたようだった。

「その人を見つけたけど、突き返したいのかどうかわからなくなって。結局返せなくて、そのまま捨てた」

「わたし、バス停で、瑛人くんを見かけたの。バスに乗っていったのは、メガネをかけた男の人だった」

瑛人は、その人のことを嫌いだと言ったのだ。森屋の手紙を持ってきた人は、おそらく……。

「友梨ちゃんが拾ってたとはね。あとで拾いに戻ったけど、見つからなくて」

「じゃあ、杉玉、つくろうよ」

拾いに行ったのは、つくるべきかどうか迷っていたからだ。そうしてまだ、瑛人は迷っている。

「森屋さんは、お酒で体を壊してたのに、飲むのをやめなかったんだそうだ。毎年杉玉をつくって、うちとの縁が切れなかったから、お酒も断ち切れなかったんだと、森屋さんの家族も、うちのことをよく思ってなかった」

友梨は、きちんと聞こうと背筋を伸ばした。

「お酒で壊れてたのは体だけじゃない。しらふのときは、人がよくて親切で、僕はそんな森屋さんしか知らない。でも、飲むと家では暴力がひどかったみたいで、家族は森屋さんと縁を切った」

主のいない炭焼き小屋も、取り巻く森も、とても静かだ。森屋は急な入院だっただろうに、窯の周囲も室内も、きちんと片付いていることを思うと、几帳面《きちようめん》な人柄を感じる。なのに、別の一面があったのだ。

「バスに乗っていったのは、森屋さんの息子で、中学のとき担任の先生だった人。その人は、酒蔵の子供が、僕が嫌いだった。ううん、何も知らずに森屋さんと親しくしている子供に、腹が立ったんだと思う。先生の中には、やさしい父親の記憶もあるはずで、だけど許せない父親でもあって、気持ちを整理できなかったんだろうな。僕はただ、やさしい森屋さんしか知らずに慕っていた。家族だから、いっしょにいられない。家族じゃないから、楽しい時間だけを過ごせる。おかしいよね。家どうして、身近な人だけを苦しめることになるんだろう。大切なはずの人を、お酒が傷つけるんだ。……先生は悔しくて、悲しかったと思う。だけど僕は、先生が嫌いだった。森屋さんがその父親だと知ったとき、森屋さんも嫌いになった」

瑛人の声は冷静だったけれど、薄い刃のように友梨にも食い込む。

だから瑛人は、家業が好きじゃない。森屋や先生を苦しめたと思っている。そのことが瑛人自身も苦しめている。

「だけど森屋さんは、瑛人くんのことずっと気にかけてたんだよね。瑛人くんに、お酒を嫌いになってほしくなかったんだと思う」

握りしめていた白い半被を、瑛人に差し出す。

「だから、杉の枝を集めようよ」

瑛人は答えず、困り果てたように半被をじっと見ていた。

「じゃあ、わたしが集める」

実際に目の前で、杉玉をつくりはじめたら、瑛人も加わる気になるかもしれない。

受け取ってもらえない半被を自分が羽織り、持参した枝切りばさみを手に、友梨は歩き出した。

「待ってよ、友梨ちゃん」

瑛人はあわてて追ってきた。

「やる気になった？」

「ひとりで行かせられないよ。迷ったらどうするの」

「じゃあついてきてよ」

道ともつかない道は、両側から木々がせまる。友梨はぐいぐい進んでいく。瑛人は半分あきらめ気味だ。しだいに日が陰り、晴れていた空を雲が覆い始めていたが、友梨は気にしていなかった。

「ねえ、どれが杉の木かわかる？」

「え、そこから？　これもそれも、あれも杉だよ」

あきれた瑛人は、このままついていけばとんでもないことになると思ったのか、近くにあった木に歩み寄った。

「このへんの山、手入れしてないから、いつ植えられたのかわからない杉が、切りっぱなしのまま生えてるんだ」

放置された杉は、友梨が想像するような、まっすぐ上に伸びた木ではなく、下にも枝が張り出し、近づく人を拒むように、ゴツゴツと根も盛り上がっていた。

低い枝をつかんだ瑛人は、ふと動きを止める。足元を覗き込むようにじっと見ている。

「どうしたの？」

「気をつけて、こっちは危ないから」

慎重に近づくと、足元の地面が途切れている。枝葉に覆われていてわかりにくいが、深い谷間へ切り込んだ斜面になっているのだ。

「このあたりで、前に落ちたことがあるんだ」

そんなことを言いながら身を乗り出すから、友梨は心配になって、彼のコートをつかむ。

「落ちたって、どうして」

訊きながらも、イワが言っていたことを思い出した。瑛人は山で怪我をしたことがあったという。

「あのとき、炭焼き小屋に先生が来た」

急に冷たい風が吹き抜ける。瑛人が風にさらわれそうで、友梨は両足を踏ん張る。

「先生は、森屋さんといる僕を見て、たぶん、ひどく苛立ったんだ」

こんなところにひとりで来ちゃいけないだろう。こいつは何をするかわからないんだ。人を殴って、何度も警察沙汰になった、そんなやつなんだぞ。

「先生は意地悪だったけど、そんなふうに声を荒らげるのは初めてだったし、僕はただ驚いて、おろおろしてた」

酒のせいで、何もかもがボロボロだ。家族みんなをどん底に突き落として、なのにまだ酒から離れられない。きみもそんなふうになりたいのか？　自分勝手で、周りに迷惑をかけるばかり、今だってそうだよな。きみは協調性がないし、いつも人のことを見下したような態度で……！

「森屋さんがやめろと言った。この子は関係ない、八つ当たりはやめろって」

ぽつりと、冷たい雨が瑛人の頬を濡らす。友梨の額も濡れる。

「八つ当たりをされていたんだって、やっとわかった。学校で、いやな思いをしたのは、僕が、森屋さんを慕っていたからなんだ」

そのとき初めて、森屋と先生の間柄を知った瑛人は、動揺したに違いない。

「その場から逃げ出そうとして、斜面で足を滑らせた。僕を助けようとして、森屋さんも怪我をした。先生は、学校を辞めた」

ぽつぽつと、雨粒は瑛人のコートと、それをつかんでいる友梨の手にも落ちてくる。

「瑛人くん、戻ろう。雨、ひどくなりそう」

友梨が強く言うと、瑛人は我に返ったように頷いた。急ぎ足で来た道を戻りながら、彼は独り言のようにつぶやく。

「魔が差すって、あるんだ。あのとき僕は、わざと……」

岩場の上を歩いていたとき、友梨の足元が滑った。バランスを崩す。瑛人が支えようと伸ばした腕に、反射的につかまるが、滑る岩の上で彼も踏ん張れなかった。

ふたりして斜面に投げ出される。滑り落ちる。友梨にはあっという間の出来事で、何もできない。

それでも、茂みや枝がかろうじて落下を防ぎ、ふたりの体は斜面の途中で止まったが、瑛人は痛そうに顔をしかめていた。

「瑛人くん、大丈夫?」

「友梨ちゃんは……?」

「わたしは平気。でも……」

「ちょっと、足をひねったかも」

斜面は、坂というには急だが、這ってなら登れそうだ。友梨は両足を踏ん張って立ち上がる。

「つかまって」

「ううん、無理だよ。友梨ちゃんだけならよじ登れる。小屋はもうすぐだから」

携帯は荷物とともに小屋へ置いてきた。助けを呼ぶにも戻らなければならない。

「でも……、ここじゃ、足元が不安定だし、じっとしてても危ないよ」

それに、雨脚がひどくなるばかりだ。濡れたところが冷たくて、手がかじかむ。コートは水をはじかず、吸い込んでいく。まだ寒さを感じる余裕もないが、ここでじっとしていたら、凍えてしまうのではないか。

「バチが当たったかな。あのとき、僕が怪我でもしたら、先生を辞めさせられると思ってしまって……、わざと斜面に近づいた。転ぶくらいのつもりだったのに、思ってたより急で、森屋さんにも怪我をさせてしまったんだ」

先生が嫌いで、彼を傷つけたかった自分のことも、嫌いになった瑛人。だとしても、友梨は瑛人が好きだ。

「だから、友梨ちゃんは無事でいてほしい」

瑛人の前髪からしずくがしたたる。落ち葉がからまっているのに気にもせず、彼は友梨の額に張り付いた髪を、優先すべきことのように指先でほどく。

「そうしたらもう、自分を嫌いにならなくてすむから」

おろおろしている場合じゃない。意を決し、友梨は白い半袖を脱いだ。土で汚れてしまったけれど、神さまは気にしないだろう。

「これ、着ていて。背守りをつけたから」

「背守り?」

「背中の縫い目が、悪いものを寄せ付けないの。もう、魔が差したりしないから」

白い糸で縫い取られた北斗七星を、瑛人はそっと撫で、それから袖を通した。

「ありがとう」

そう言った彼の目に、いつも友梨を惹きつけるキラキラした光を感じ、きっと大丈夫だと信じて斜面を登りはじめた。

雨の中、転ばないよう慎重に急いでいた友梨は、見えてきた小屋へと足を速める。炭焼き窯のそばに誰かいる。雨合羽を着て、あちこち覗き込んでいる。

「お父さん！」

振り返ったお父さんは、こちらへ駆け寄ってくる。友梨は急いで声を上げる。

「瑛人くんが……、怪我をして動けないの！」


三人で囲炉裏を囲み、納屋にあった薪《まき》をくべる。火のそばでうずくまった瑛人は、青白かった頬に赤みが戻ってきていた。

瑛人を背負ったお父さんが、斜面をよじ登り、かやぶき屋根の小屋まで運んだ。友梨には、ひょろりとして頼りないように見えていたお父さんだから意外だったが、日々畑仕事に精を出し、重い土も野菜も運ぶのだから、会社勤めや主夫をしていたころのお父さんとは違うのだろう。それとも、昔からそんなにひ弱な人ではなかったのかもしれない。何年も、お父さんの顔も姿も直視していなかったから、たぶん、気づいていなかっただけ。

「瑛人くん、足、まだ痛い？」

「じっとしてれば平気、少しひねっただけだと思う」

「それにしても、下まで落ちてしまわなくてよかったよ」

お父さんも、濡れた上着と頭を乾かそうと、火にあたっている。雨合羽を瑛人に着せたのでずぶ濡れだ。

お父さんが現れたのは、友梨がひとりで山を登っていったと近所の人に聞いたからだという。雨が降りそうなので心配で見に来たらしい。おかげで大事には至らなかった。

「ごめんなさい。わたしが、杉玉をつくろうって言い出したの。ひとりで勝手にここへ来て、杉を集めようとしてて」

「杉玉って、酒屋さんのあれか。そういえば、和島さんの奥さんと、ひいおばあちゃんが話してたな。いつもつくってくれる人が、今年はいないって」

「友梨ちゃんは悪くないんです。僕のことを思ってやってくれたんです」

瑛人は深く頭を下げる。

「だけど、足を滑らせたのはわたしの不注意だし。それで瑛人くんが怪我を……」

「斜面に近づいたのは僕だ」

「まあ、無事だったんだから。だけどふたりとも、友達のことを思ってるならなおさら、危ないことはしちゃいけないな」

友梨と瑛人はそろって頷いた。

「友梨ちゃんが、背守りを縫ってくれたから、助かったんだと思います」

脱いで横に置いていた白い半被を、瑛人は引き寄せた。覗き込んだ友梨は、縫い付けたはずの房がないのに気づく。

「あれ？　糸の房、いつ、取れたんだろ……」

瑛人も不思議そうに、房のあったところを指でなぞる。

「着たときにはあったのに」

あの場所で助けを待っているときだろうか。友梨のお父さんが背負ってからかもしれないけれど、瑛人に忍び寄った危険は、たぶん、糸とともに抜け落ちていった。

友梨は瑛人と顔を見合わせる。お互いに、ほっとしているのが伝わる。もし、自分が縫った糸が不思議な力を得たのだとしたら、瑛人の半被だったからかもしれない。そんなふうに感じていた。

「背守り、友梨が縫ったのか。お母さんも縫ってくれたことがあるよ」

ふうん、と友梨は、お父さんにはつい素っ気なくなってしまうけれど、いつもの反抗心からではなく、くすぐったいような気恥ずかしさのせいだ。

この感覚は何なのだろう。瑛人とお父さんが同じ場所にいるのが、落ち着かない。瑛人はときどき友梨の家にも来ているし、お父さんとも顔を合わせているのにどうしてだろう。

「古いシャツなんだけど、あれを着ると、なんだか調子がいいんだよな。だから、くたびれてても捨てられない」

「おじさんも、背守りって知ってたんですか？」

「ああ、僕の祖母も、いろんな言い伝えをまだ実践してたからね」

「不思議ですね。縫い目があるだけで、悪いものを寄せ付けなくなるって」

お父さんと瑛人が近づいたようで、くすぐったい。たぶん、ここにいるのが別の友達なら、友梨はこんな気分にならなかっただろう。

「あ、そうだ。お弁当食べない？　お腹すいたし、雨がやむまで帰れないし」

リュックからお弁当の包みを取り出すと、真っ先にお父さんが覗き込んだから、友梨はちょっとむっとした。

「友梨がつくったのか？　瑛人くんに食べてもらいたくて？」

おまけに余計なことを言うから、ますますむっとしてしまう。でも、瑛人がおにぎりをひとつ取って、おいしいと言いながら食べてくれたので帳消しだ。

雨が小降りになってきたのか、部屋の中に漂うくすんだ空気も、窓からにじむ光をまといはじめていた。

杉の枝は、地元で林業をしている人から譲ってもらうことになった。イワと美乃、桃枝も集まって、みんなで大きな杉玉をつくり、今年も和島酒造の軒先に、新酒の出来を報《しら》せる青々とした酒林がぶら下げられた。

和島酒造へ続く、大きく弧を描いた坂道を上がっていくと、みずみずしい木の匂いを放つ杉玉の下で、すっかり足の捻挫も治った瑛人が微笑む。友梨は小さく手を振る。

「立派な蔵のそばに杉玉があると、やっぱり映えるね」

友梨も手伝ったものだから、堂々と飾られているのはとってもうれしい。

「初めてだけど、上出来だね。つくってよかった」

瑛人にとって、遠ざかっていた家業に少しでも近づくきっかけになっただろう。本心では、酒蔵である自分の家を認めたかったはずで、それを妨げていた先生と森屋への複雑な思いに、少しは折り合いをつけられたのではないだろうか。

森屋の願いは、瑛人に通じた。炭を焼きながら森屋は、山の中に潜む何かの存在を感じてきた。杉玉にも、それが宿っていると思ったはずだ。自然の力というしかない、けれどそこに収まりきらないものの力を借りながら、昔から変わらず受け継がれている酒造りの魅力を、人から人に伝えられている、技術だけではない不思議なものを、瑛人に伝えたかったに違いない。

「お酒の神さまは、森屋さんと家族をまたつなげたのかもしれないね」

杉の枝には、お酒の神さまが宿るのだという。

有本先生が森屋の手紙を瑛人に届けたなら、息子は病床の父親に会い、彼の望みをかなえようとしたのだ。

「そっか、だったらよかったよ」

ひいおばあちゃんが、瑛人のお母さんから聞いた話によると、森屋は病院でお酒をやめる治療もしているそうだ。退院したら、瑛人はまたあの炭焼き小屋を訪れることができるようになるだろう。

「あ、もうすぐバスの時間」

「うん、行こうか」

ふたり並んで歩き出す。今日は映画を観る約束だ。バス停へ向かう道は、広い田畑を吹き抜ける風にさらされていて、友梨のマフラーが瑛人の肩に掛かる。

いつもより近い距離で肩を並べ、どちらからともなく手を取り合ったとき、これまでとは違う色をした糸が、自分たちの間を縫うためにやさしく忍び込んできたかのようだった。

〈著者紹介〉
谷 瑞恵　三重県出身。『パラダイスルネッサンス　楽園再生』で1997年度ロマン大賞佳作に入選しデビュー。「伯爵と妖精」シリーズ、ベストセラーとなった「思い出のとき修理します」シリーズ、「異人館画廊」シリーズ、『拝啓 彼方からあなたへ』『木もれ日を縫う』『がらくた屋と月の夜話』『めぐり逢いサンドイッチ』など著書多数。

この作品は書き下ろしです。

GENTOSHA

神さまのいうとおり
2021年5月25日　第1刷発行

著　者　谷 瑞恵
発行人　見城 徹
編集人　森下康樹
編集者　君和田麻子

発行所　株式会社 幻冬舎
〒151-0051 東京都渋谷区千駄ヶ谷4-9-7

電話：03(5411)6211(編集)
03(5411)6222(営業)
振替：00120-8-767643
印刷・製本所：図書印刷株式会社

検印廃止

Printed in Japan
ISBN978-4-344-03793-9 C0093
幻冬舎ホームページアドレス　https://www.gentosha.co.jp/

この本に関するご意見・ご感想をメールでお寄せいただく場合は、
comment@gentosha.co.jpまで。